suhrkamp nova

Friedrich von Borries

1 WTC

Roman

Suhrkamp

Umschlagfoto: © R. Lauer

suhrkamp taschenbuch 4274
Erste Auflage 2011
Originalausgabe

Druck: CPI – Ebner & Spiegel, Ulm
Printed in Germany
Umschlag: Göllner, Michels
ISBN 978-3-518-46274-4

1 2 3 4 5 6 – 16 15 14 13 12 11

1 WTC

Fiktion ist die beste Tarnung der Realität.

Dieser Bericht beruht auf Gesprächen mit dem Künstler Mikael Mikael. Ich habe seine Aussagen mit allen mir zur Verfügung stehenden Mitteln geprüft. Um ihn zu schützen, weiche ich in einigen Details von seiner Schilderung ab, außerdem habe ich Namen und Ortsangaben geändert. Nach der Lektüre wird der Leser verstehen, warum dies notwendig war.

Berlin, Juni 2011
Friedrich von Borries

Prolog

Luftaufnahme. Helikoptergeräusch.
Im Vordergrund die Freiheitsstatue, im Hintergrund die Südspitze von Manhattan. Der Hubschrauber fliegt Richtung Brooklyn Bridge, dreht dann nach Norden zum Financial District ab und nähert sich Ground Zero.
Die Kamera zoomt von oben auf die Baustelle des 1WTC, des neuen World Trade Center. Das Rotorengeräusch wird leiser, das Bild löst sich in Weiß auf.
Blende.
Schriftzug, schwarz auf weißem Grund: 1WTC.
Blende.
Großaufnahme. Frauengesicht im Profil. Augen geschlossen, der Kopf nach vorne gekippt.
Halbtotale. Fußboden, Decke, Wände aus Beton. Rohbau, keine Fenster, aber hell ausgeleuchtet. Über den Boden wabert weißlicher Nebel. Er umspielt einige Wasserpfützen.
Die Frau sitzt zusammengekauert auf den Treppenstufen, die zu einem hellblau gekachelten Whirlpool führen. Ein Bein ist angezogen, die blonden Haare fallen über das Knie. Am Bildrand oben links blinkt im Sekundentakt eine gelbe Alarmleuchte.
Kamerafahrt. Direkt über dem Pool hängt ein Kronleuchter, der die Mitte des Raums markiert. An den Seiten sechs Alkoven, vier Meter breit und zwei Meter tief. In einem stehen eine Liege und ein Sessel, die anderen sind nicht eingerichtet.
Blende.

Halbtotale auf die Frau. Aus einem der Sprinkler tropft eine Flüssigkeit auf ihren Kopf. Langsam fließt sie die blonden Strähnen hinab. Die Frau kippt um, ihr Kopf schlägt auf den Fliesen auf.
Nahaufnahme. Blut läuft unter dem Kopf hervor, in der Lache spiegelt sich die blinkende Alarmleuchte.
Blende.

Berlin. Ausstellungseröffnung in der Temporären Kunsthalle. Etwa achthundert Menschen drängen sich in dem großen Quader, die Besucher interessieren sich wie immer vor allem füreinander. Heute noch mehr als sonst, denn der Raum bietet visuell keine großen Attraktionen. Das Ganze heißt »Zeigen. Eine Audiotour durch Berlin«. Über vierhundert Künstler, Kuratoren und Kulturschaffende haben für die Konzeptkünstlerin Karin Sander Klänge, Töne, Gesprächsfetzen zum Thema Berlin aufgenommen. Eine Ausstellung zum Hören. Auch ich habe etwas beigesteuert, Vogelgezwitscher aus dem Garten.

Am Eingang werden Audioguides ausgegeben; an den weißen Wänden stehen Namensschildchen der verschiedenen Verfasser, versehen mit einer Nummer, die auf den dazugehörenden, im Audioguide gespeicherten Track verweisen. Fast alle Besucher haben Kopfhörer auf, laufen scheinbar ziellos durch den Raum, von der Umgebung durch dick gepolsterte Klangmuscheln getrennt und in einen eigenen Hörkosmos eingeschlossen. Die üblichen Begrüßungen, Küsschen und kurzen Gespräche bleiben aus, stattdessen nickt man sich nur zu. In einigen kleinen, eng beisammenstehenden Grüppchen wird geflüstert, ein leises Rauschen füllt den Raum.

Am Eingang taucht ein Mann auf, der mir vertraut vorkommt. Fünftagebart, Sonnenbrille mit weißem Rand, die Kapuze des weißen Pullis tief ins Gesicht gezogen. Er drängt sich zwischen den herumstehenden Gästen hindurch. Schaut auf die Wand, an der es nichts zu sehen gibt außer den kleinen Schildern. Er kommt langsam in meine Richtung, dreht wieder ab. Plötzlich zischt mir jemand von hinten ins Ohr.

»Sag nichts, hör einfach kurz zu. Ich muss mit dir sprechen. Alleine. Und unbeobachtet. Geh in fünf Minuten rüber in den kleinen Park hinter dem Dom. Und erzähl bitte niemandem, dass du mich getroffen hast.«

Vier, vielleicht fünf Jahre haben wir uns nicht mehr gesehen. Erst vor einem Jahr hat er ein renommiertes Stipendium für einen Aufenthalt in New York erhalten, aber seitdem habe ich nichts von ihm gehört. Keine Ausstellungen, auch auf den Messen in Basel, Berlin und Frankfurt war er nicht vertreten.

Ich versinke für einige Sekunden in Erinnerungen an die gemeinsame Zeit. Wir kennen uns, seit wir zehn Jahre alt sind, gingen auf die gleiche Schule in Wiesbaden. Eine westdeutsche Stadt, die mehr zu sein glaubt, als sie ist. Kapitalistisches Wohlstandsparadies. Freunde wurden wir erst mit sechzehn, siebzehn Jahren. Wir interessierten uns beide für Kunst, Design und Architektur, malten, bauten Möbel und richteten uns ein kleines Atelier ein. Wir hatten Großes vor, allerdings trennten sich unsere Wege mit Beginn des Studiums. Er zog nach Hamburg und dann in die weite Welt hinaus. Paris, Tokio, Mumbai. Stipendien, Ausstellungen, Reisen. Er lebte das Leben, das ich mir immer gewünscht, mich aber nie zu leben getraut hatte. Nun war er also in Berlin.

Als ich mich umdrehe, ist er verschwunden.

Ich verabschiede mich von ein paar Freunden und Bekannten, verlasse die Kunsthalle, überquere die Karl-Liebknecht-Straße und gehe schräg durch den Lustgarten zu der kleinen, ungepflegten Grünfläche zwischen Dom, Spree und Friedrichsbrücke. Ein leiser Pfiff. Er hat eine Ecke gewählt, die vom Licht der Straßenlaternen kaum erreicht wird, abseits des Bürgersteigs und der diagonal über die Rasenfläche verlaufenden Trampelpfade.

»Lange nicht gesehen.«

Die Jahre haben ihn verändert. Sein herausfordernder Blick ist weicher geworden. Ein trauriger Zug um die Augen, den ich so von ihm nicht kenne. Auch er mustert mich, aber seiner Miene ist nicht anzumerken, was er denkt. Unwillkürlich ziehe ich den alten Vergleich.

»Ich will nicht lang drumrumreden: Ich brauche deine Hilfe. Ich habe ewig überlegt, wen ich fragen kann. Aber um meine Geschichte zu verstehen, muss man Ahnung von Architektur haben. Außerdem kann ich dir vertrauen.« Er schaut sich um, prüft die Umgebung, versichert sich, dass uns niemand beobachtet.

»Lass uns essen gehen, und du erzählst mir deine Geschichte. Dann sehe ich ja, was ich machen kann«, schlage ich vor.

»So einfach ist es nicht. Wir können nicht ins Restaurant gehen und reden. Mein Leben ist … Mein Leben ist kompliziert. Ich bin untergetaucht. Ich bleibe nie lange an einem Ort, erst recht nicht in Städten. Geldautomaten, U- und S-Bahnen, Flughäfen – alles viel zu streng überwacht. Ich hab keinen festen Wohnsitz, sondern lebe mal hier und mal dort, bei Freunden, in besetzten Häusern. Oder ich bau mir was im Freien. Ich geh nie in Restaurants.«

Nachfragen macht keinen Sinn. Das war bei ihm schon früher so.

»Also kein Restaurant. Wo dann?«

»Komm für ein paar Tage nach Mecklenburg. Da hab ich einen Unterschlupf. Ach, noch was ...«

»Ja?«

»Ich hab einen neuen Namen. Mikael Mikael. Den alten gibt es nicht mehr. Vergiss alles, was du von früher über mich weißt. Wir lernen uns jetzt erst kennen.«

»Mikael? Okay, warum nicht. Aber mir ist immer noch nicht ganz klar, wie ich dir helfen soll.«

»Keine Angst, da fällt mir schon was ein.« Er lacht kurz. »Aber dazu muss ich dir erst mal die ganze Geschichte erzählen.«

»Und warum bist du dir so sicher, dass ich dir helfe?«

»Ganz einfach: Weil du immer noch hier bist.«

Ich muss lächeln, schließlich hat er recht. Ich könnte schon längst wieder in der Kunsthalle sein und dort mit einem Glas Wein bei meinen Bekannten stehen oder neue Leute kennenlernen. Aber irgendwie zieht mich das unheimlich Dunkle dieser weiß gekleideten Gestalt an.

Eine Woche später fahre ich mit der Regionalbahn nach Schwerin, dann mit dem Fahrrad raus aus der Stadt, immer tiefer ins ländliche Mecklenburg. Nach zehn, zwölf Kilometern, kurz hinter einem kleinen Dorf, ein Feldweg, der in einen Wald führt. Eine kleine Lichtung, durch die Bäume sieht man das Ufer eines Sees, in dem sich die untergehende Sonne spiegelt. Dort, am Rand der Lichtung, verborgen hinter dichtem Brombeergestrüpp, steht ein alter Bauwagen.

Mikael sitzt auf einer Bank vor der Tür. Wie bei unserer letzten Begegnung strahlt er eine gewisse Gelassenheit aus. Das Innere des Bauwagens ist komplett in Weiß gehalten, ein Bett mit Schlafsack, ein für die Größe des Wagens sehr langer Tisch, zwei Stühle. Eine kleine Kochnische.

Auf dem Tisch drei beschriftete Kisten:

Tom

Jennifer

Syana

In den Kisten liegen Ordner und Papierstapel, gefaltete Pläne, ein Kalender, Notizbücher, davor ein Diktiergerät und etliche CDs.

Mikael bringt eine Kanne Tee, schiebt die Kisten zur Seite und stellt zwei Tassen auf den Tisch. »Schön, dass du gekommen bist. Lass uns endlich anfangen.« Er zeigt auf die Kisten. »Das ganze Zeug ist aus New York.«

1.

> »World trade means world peace. The World Trade Center should become a representation of man's ability to find greatness.« *Minoru Yamasaki (1964)*

Mikaels Geschichte hat viele Anfänge. Sie könnte mit den Twin Towers beginnen, also im Jahr 1962, als der Architekt Minoru Yamasaki den Wettbewerb für ein Welthandelszentrum in New York gewinnt. Damit schlägt er berühmte Konkurrenten wie Walter Gropius und Philipp Johnson aus dem Rennen. Sein Entwurf sieht zwei hundertzehngeschossige Zwillingstürme vor. Die eleganten, minimalistischen und doch dekorativen Fassaden erinnern an das amerikanische Art déco und sind gleichzeitig dem International Style verpflichtet. So vereint er die beiden großen amerikanischen Architekturtraditionen des 20. Jahrhunderts. Gut neun Jahre später, am 4. April 1973, wird das eine Milliarde Dollar teure Gebäude eröffnet und fortan als neue Ikone der New Yorker Skyline gefeiert.

Für diesen Bericht ist die Architektur des alten World Trade Centers von keiner großen Bedeutung; wichtiger sind die Versuche, sie zu zerstören. Am 26. Februar 1993 explodiert ein mit Sprengstoff gefüllter Lastwagen in der Tiefgarage des Nordturms. Siebenhundert Kilo TNT, sechs Tote, tausend Verletzte. Aber das World Trade Center stürzt nicht ein. Erst am 11. September 2011 gelingt die Zerstörung, als der American Airlines Flug Nummer 11, in Boston mit Kurs auf Los Angeles gestartet, in den Nordturm des World Trade Centers rast.

Vielleicht beginnt die Geschichte aber auch mit Jennifer. Ihre Eltern, die Mutter Schwedin, der Vater Amerikaner, lernten sich am 26. April 1976 im World Trade Center kennen – bei der Eröffnung des Windows on the World, des Restaurants in den obersten Stockwerken des Nordturms. Es ging schnell zur Sache, gleich im Restaurant, genauer: auf der Toilette. Ihre Mutter hat zwar nur vage Andeutungen gemacht, aber Jennifer fühlt sich als Kind des Gebäudes.

Zwei Jahre nach der Geburt lassen sich die Eltern scheiden, Jennifer wächst im Heimatort ihrer Mutter auf, einer Kleinstadt in der südschwedischen Provinz Skåne. Sie geht zur Schule, trifft ihren ersten Freund, trennt sich wieder. Sie studiert Kunstgeschichte in Stockholm, dann zieht sie nach New York. Nach mehreren Praktika und Aushilfsjobs in Galerien und Museen eröffnet sie mit fünf Freundinnen einen kleinen Ausstellungsraum in Williamsburg. Ihren fünfundzwanzigsten Geburtstag will sie als romantische Reminiszenz an ihre Zeugung im Windows on the World feiern. Alles ist von langer Hand geplant und vorbereitet, aber dann gibt es die Twin Towers nicht mehr.

Jennifers Leben geht weiter. Als im Zuge der Finanzkrise der Kunstmarkt einbricht, meldet ihre Galerie Konkurs an. Sie fühlt sich allerdings weiterhin als Galeristin, selbst wenn sie nun ihr Geld als Art Advisor verdient. Sie berät Sammler, die vor dem Kauf teurer Kunstwerke neben der Meinung des Galeristen noch eine unabhängige Expertise hören wollen. Weil ein Doktortitel dabei nicht schaden kann, beginnt sie 2008 ein Promotionsstudium an der Columbia. Sie forscht über ein zeitgenössisches Thema, die frühen Werke der französischen Künstlerin Sophie Calle.

Nebenbei arbeitet sie ehrenamtlich für die New York Civil Liberties Union, eine NGO, die sich mit Datensicherheit befasst. Dort dokumentiert sie die Entwicklungen am Ground

Zero und wie sich New York seit der Zerstörung der Twin Towers verändert hat.

Für Jennifers Freund Tom beginnt die Geschichte im Irak und in Afghanistan. Immer schon wollte er Architektur studieren, doch seine Eltern konnten sich die Studiengebühren an seiner Wunschuniversität nicht leisten. Großvater und Vater waren beim Militär, also wird auch Tom Soldat – nicht zuletzt in der Hoffnung, später einfacher an ein Stipendium zu kommen. Da er einen einjährigen Grundlagenkurs in Kunst am College of Art and Design in seiner Heimatstadt Minneapolis belegt hat, landet er bei einer Einheit, deren offizieller Auftrag das Sichern archäologischer Grabungsstätten und musealer Kunstschätze ist. Insgeheim hat sich diese aber auf das Aufspüren von Verstecken und Geheimnissen anderer Art spezialisiert.

Vier Jahre lang ist Tom bei der Army, erst im Irak, dann in Afghanistan. Dort sucht und katalogisiert er die aufgefundenen Güter, geraubte Kunstschätze und Waffen. Nebenbei dokumentiert er zahllose Fälle von Zerstörungswut gegen kulturelle Symbole. Und er erfährt, wie eng Architektur mit der Erzeugung und Aufrechterhaltung von Macht verbunden ist. Zurück in den USA erhält er 2004 ein Stipendium für ein Architekturstudium in Princeton. Nach dem Master macht er sich auf die Suche nach einem Job.

Dann wäre da noch Syana. Als die Flugzeuge ins World Trade Center rasen, arbeitet sie in San Diego am Institute for Creative Technologies. Das Institut wird vom US-Militär finanziert und entwickelt Computerspiele, mit denen die US-Army neue Soldaten rekrutieren will, aber auch Waffen-Interfaces, deren Bedienung so einfach sein soll wie die eines guten Ego-Shooters. Die in Bangalore aufgewachsene Hackerin befasst sich mit der künstlichen Intelligenz digitaler Systeme. Später verlässt sie das ICT und entwickelt als Künstlerin Spiele, in denen es um Krieg, Gewalt und interkulturelle Konflikte geht. Seit 2008 hat sie einen Lehrauftrag am Game Center der New York University. Dort baut sie einen neuen Forschungszweig auf.

Schließlich könnte die Geschichte aber genauso gut in Berlin beginnen. Als Tom in New York einen Job sucht, seine Freundin Jennifer mitten in ihrer Promotion steckt und Syana sich in der New Yorker Szene als Medienkünstlerin etabliert, bewirbt Mikael sich um ein Stipendium des Berliner Senats für einen Aufenthalt in New York. Er kennt weder Tom noch Jennifer, nur Syana ist ihm schon einmal begegnet.

Ich will nicht zu viel über Mikaels Vorleben erzählen, schließlich habe ich versprochen, nicht zu verraten, wer er früher war. Nach dem Kunststudium taucht Mikael in die Berliner Clubszene ein. Er legt in Technoclubs auf, mischt als VJ Bilder zur Musik: Aufnahmen von Überwachungskameras, Musikvideos und alte Super-8-Filme, die er auf Flohmärkten zusammensucht, sind das Material für seine Sets. Er entwirft für ein paar Clubs die Inneneinrichtung, installiert kleine CCTV-Systeme zwischen Tresen und Tanzfläche. Er hat den Dreh raus, aktuelle Themen zu verarbeiten – nicht zu politisch, dafür aber irgendwie innovativ, zukunftsweisend und ästhetisch überzeugend. Mikael ist ein Paradebeispiel für die Creative Industries zwischen New Economy und Kunstwelt.

Der ganz große Durchbruch lässt auf sich warten, Mikael wird lediglich von einer kleinen Galerie vertreten und hat bislang noch nie in einem großen Kunstmuseum ausgestellt.

Aber immerhin wird er regelmäßig zu Festivals eingeladen und bekommt Aufenthaltsstipendien in der ganzen Welt. Ganz unerfolgreich ist er also nicht, doch jetzt braucht er ein bisschen Zeit, um sich darüber klarzuwerden, wie es weitergehen soll.

Für das New-York-Stipendium muss Mikael sich mit einem konkreten Vorhaben bewerben. Sein Projekt heißt »Die Freiheit der Angst« und beschäftigt sich mit den Folgen von 9/11. Ihn interessiere besonders, so schreibt er im Erläuterungstext, wie die Angst vor dem Verlust der Freiheit zum Verlust der Freiheit führen kann.

Er wird zum Auswahlgespräch eingeladen. Die Jury besteht aus drei Prototypen der Kunstszene: einer bekannten Kuratorin, die in mittelgroßen Institutionen schon häufig gesellschaftskritische Kunst gezeigt hat; einem Professor von einer Kunsthochschule, der zeitgenössische ästhetische Theorie unterrichtet; und einem einflussreichen Galeristen.

Mikael beginnt seine Präsentation mit einer kleinen Performance. Er kündigt an, die Juroren während des Gesprächs überwachen zu wollen, und baut ein CCTV-System auf. Ein Fotostativ mit einer Überwachungskamera, wie man sie in jedem Elektrogeschäft kaufen kann und die er direkt auf die Juroren ausrichtet. Das Bild wird auf einen Schwarz-weiß-Monitor übertragen, den Mikael vor die Juroren auf den Tisch stellt.

»Jetzt können Sie sehen, was ich sehe. Das ist nur fair. Sie haben sonst ja keine Ahnung, was für ein Bild Sie abgeben. Wir heben die Asymmetrie unserer Beziehung auf. Ein bisschen zumindest.«

Er packt ein zweites Kamera-Monitor-Set aus und baut es so auf, dass er nun auch sich selbst beobachten kann.

»So. Das ist jetzt das Gegenteil von Überwachung. Wir haben auf der visuellen Ebene eine symmetrische Beobachterperspektive. Und wir wissen, dass wir vom anderen beobachtet werden. Vielen Menschen ist nämlich gar nicht bewusst, in welchem Ausmaß sie überwacht werden. Und erst recht wissen sie nicht, wie ihr Überwachungsbild eigentlich aussieht. Das sind so die Themen, die mich beschäftigen.«

Mikael atmet durch. Keine Fragen. Er überlegt, wie er weitermachen soll. Am besten mit Detailwissen glänzen, die Jury überzeugen, dass er im Thema drin ist.

»New York ist derzeit der Überwachungs-Hotspot, noch mehr als London. Seit dem Anschlag auf das World Trade Center wurden allein im Financial District rund um die Wall Street über viertausend neue Kameras installiert. Das ist echt viel. Zu viel. Ich bin jetzt mit der New York Civil Liberties Union in Kontakt, die organisieren Proteste dagegen. Vielleicht kann ich mich da irgendwie einbringen.«

»Und wie soll Ihre Arbeit dann aussehen. Wie wollen Sie vorgehen?«, unterbricht ihn der Kunstprofessor.

»Das weiß ich noch nicht so genau. Kann ich von hier aus auch noch nicht sagen. Um das zu entscheiden, hätte ich in New York dann ja ein Jahr Zeit. Grundsätzlich kann ich mir mehrere Wege vorstellen. Zum Beispiel eine Fotoserie mit den Bildern der verschiedenen Kameras. Vielleicht wird daraus dann eine Art Karte. Oder ich betreibe Gegenüberwachung und filme Kameras. So wie Steve Mann, der die ersten tragbaren Computer-Videokamera-Systeme gebaut hat. Ich würde ihn gerne treffen, wenn ich in den USA bin. Auf einer abstrakteren Ebene geht es mir um den Widerspruch von Überwachung und Freiheit, von War on Terror und American Dream. Freiheitsstatue vs. Guantanamo Bay, sozusagen.«

Die Zeit ist um, die Juroren haben nur noch ein paar Fragen zu seiner bisherigen Arbeit und seinen Zielen für die Zukunft. Dann schicken sie ihn raus. Vor der Tür wartet schon der nächste Bewerber.

Eine Woche später erhält Mikael einen Brief von der Senatsverwaltung. Hellgrauer Umschlag, stilisiertes Brandenburger Tor, Berliner Stadtwappen, der neue Slogan »be Berlin«. Ansonsten Verwaltungsdeutsch.

Die Jury hat ihn ausgewählt. Er erhält ein Künstlerstipendium für New York. Ein Jahr, 1500 Euro im Monat, außerdem ein kleines Atelier in der Jay Street in Brooklyn. Mitten im Szeneviertel Dumbo. Eine Wohnung muss er sich selbst suchen.

Die Stewardess schiebt den Getränkewagen durch die Reihen des Delta-Airline-Flugs Nummer 079 von Berlin-Tegel nach New York John F. Kennedy. Mikael bestellt Whiskey. Er kann nicht einschlafen, schaut aus dem Fenster. Ein paar Tage vor der Abreise hat ihn der Professor aus der Jury zu einem Kaffee eingeladen.

»Wir haben Sie nicht ausgewählt, weil Ihr Vorhaben so spannend ist, sondern weil Sie uns als Mensch überzeugt haben. Über Videoüberwachung haben schon viele gearbeitet, aber wir hatten hier den Eindruck, als ginge es Ihnen wirklich um etwas. Das sollten Sie sich bewahren. Finden Sie für sich heraus, was an dem Thema Sie wirklich interessiert. Dann machen Sie auch eine gute Arbeit.«

Vor dem kleinen Fenster zu Mikaels Linken ziehen unendliche Wolkengebirge vorüber. Er nimmt einen kleinen Schluck Whiskey.

»Wie politisch wollen Sie sein?«, hat ihn der Professor noch gefragt, bevor er ihm zum Abschied einen kurzen Text von Dan Graham in die Hand drückte.

Graham, Dan (geboren 1942). US-amerikanischer Konzeptkünstler. Beschäftigt sich mit Video und Übertragungstechnik. In seinen Installationen kann man sich gegenseitig überwa-

chen. »Time Delay Room 1«, 1974: In zwei gleichgroßen, nebeneinander liegenden Räumen befinden sich jeweils zwei Videomonitore und eine Kamera. Ein Monitor zeigt das Überwachungsbild aus dem benachbarten Raum, der andere Monitor das um acht Sekunden zeitverzögerte Überwachungsbild des Raums, in dem sich der Betrachter befindet. Für seine Arbeiten nutzt Graham nicht nur Videotechnik, sondern baut auch kleine Pavillons aus Spiegeln. Verspiegeltes Glas, Videokameras, Monitore, immer wieder experimentiert er mit der Verschiebung der Wahrnehmung. Schlagworte: Beobachtung, Verunsicherung.
In seinem 1978 erschienen Buch *Video-Architecture-Television* erklärt Graham: »An architectural code both reflects and directs the social order. In the not too distant future one can envisage that this code will be supplemented, modified and in part supplanted by a new code.«

Die nicht zu ferne Zukunft ist inzwischen Gegenwart geworden. In welchen architektonischen Codes konstruieren wir heute unsere soziale Ordnung?

Calle, Sophie (geboren 1953). Französische Künstlerin. In ihren an soziologische Studien angelehnten Arbeiten geht es weniger um die Exploration neuer Technologien und auch nicht um politische Subversion, sondern eher um die subtile Erforschung des Verhältnisses zwischen dem Eigenen und dem Fremden, um Intimität und deren Zerstörung. In den achtziger Jahren beginnt sie, zufällig ausgewählte Fremde durch Paris zu verfolgen, um die Stadt besser kennenzulernen. Sie fotografiert, macht Notizen, dokumentiert. Calle beobachtet andere, sie beobachtet sich selbst, lässt sich von anderen beobachten. Für »The Shadow« beauftragt sie 1981 ihre Mutter, einen Detektiv auf sie anzusetzen, während eine dritte Person wiederum den Detektiv dabei beobachtet, wie er Sophie Calle verfolgt. 2001 wiederholt sie das Experiment mit »20 Years Later«.

Als Sophie Calle 1983 auf der Straße ein Adressbuch findet, beginnt sie, über den ihr unbekannten Besitzer zu recherchieren. Sie trifft seine Freunde und Bekannten, interviewt über vierhundert Personen, deren Kontaktdaten sie in dem Adressbuch findet. Sie erstellt ein Profil des Unbekannten und veröffentlicht die Ergebnisse in der Tageszeitung *Libération*. Dreißig Tage lang jeweils eine halbe Seite intimer Details über einen Mann, der, nur weil er zufällig sein Adressbuch verloren hat, in die Öffentlichkeit geraten war. Sophie Calle sagt, mit »L'Homme au carnet« sei sie zu weit gegangen. Sie habe auch versucht, sich bei dem Mann zu entschuldigen, aber er wollte nicht mit ihr sprechen.

New York City Surveillance Camera Players. Künstlerisch-politische Aktivistengruppe. In den neunziger Jahren erfindet diese Gruppe in New York das Guerilla-Programming. Sie wehrt sich gegen die Mono-Direktionalität der amerikanischen TV-Kultur. Kameras, so die Meinung der Gruppe, dienen im Fernsehen der sozialen Disziplinierung durch Erziehung und im öffentlichen Raum der Verhaltenskontrolle durch visuelle Überwachung. In beiden Fällen hat der Bürger keinen Zugriff auf das zugrunde liegende »Programm«, es sei denn, er eignet sich die mediale Technik für die Verbreitung eigener Inhalte an. Dazu nutzen die Surveillance Camera Players das CCTV-System von New York. Aus den Beobachtern, den Wachmännern in unsichtbaren Überwachungszentralen, werden plötzlich unfreiwillige Zuschauer, die den Aufführungen der Gruppe zusehen müssen.

Sousveillance. Gegenüberwachung. Aufmerksame Wachsamkeit von unten. Unterwachung. Gegenkonzept zur Überwachung. Der Begriff wurde von Steve Mann (geboren 1962) geprägt, einem der Gründer der Wearable Computers Group am MIT Media Lab in Cambridge, Massachusetts. Mann forscht an Cyborg-Technologien, also der Verschmelzung von Mensch und Maschine. Bereits 1981 baut er tragbare Computer, bei denen sich das Display direkt vor dem Auge des Nutzers befindet. Zunächst verstaut er die notwendige Technik in Rucksäcken, später in Schuhen, inzwischen passt alles in eine von ihm entwickelte Sonnenbrille – wie in einem Agentenfilm. Mann will so eine weitere Realitätsebene erschließen, die Augmented Reality. Eingesetzt werden die Ergebnisse von Manns Forschung aber vor allem vom Militär. Heute forscht und lehrt er an der Universität von Toronto und propagiert die von ihm entwickelte Technologie als Mittel zur Selbstermächtigung der Überwachten. Schließlich kann man mit seinen unsichtbaren Kameras auch die Überwacher beim Überwachen überwachen.

Surveillance Camera Players, Sophie Calle, Dan Graham. Observation. Subversion. Freiheit. Beinfreiheit. Mikael starrt aus dem kleinen Fenster. Sitzreihe 35, Platz A. Wie radikal muss Kunst werden, um politisch zu sein? Das Wolkengebirge draußen scheint unendlich. Wolkenfreiheit.

Wassertröpfchen türmen sich auf, formen aberwitzige Gebilde. Schmale Schafte, von gigantischen Köpfen gekrönt, Tierleiber, die auf dünnen Säulen thronen, Drachenköpfe mit aufgerissenen Mäulern. Wassertröpfchen, gemischt mit Hagelkörnern, bilden weiße, graue, blaue, gelbe Wolken, durch die der Wind sich seine Bahnen schneidet. Tonnenschwere Tröpfchenmassen werden verschoben und bringen immer neue Figuren hervor. Die Wolkenberge verschlingen einander, fressen sich auf, vereinigen sich. Ein wogendes Auf und Ab, während zwölftausend Meter weiter unten die Wellen des stürmischen Nordatlantiks die Eisschollen tanzen lassen. Die Zeit bleibt stehen, fällt in ein Schattenloch.

Während Mikael im Flugzeug noch der Landung entgegendöst, zieht Syana sich um. Eine schwarze Bluse, fließender Stoff, tiefer Ausschnitt, Stickereien. Die dünne Hose sitzt auf den Hüften, bei jedem Schritt blitzt ihr Bauchnabel hervor. Dazu offene Schuhe mit breiten goldenen Riemen und nicht zu hohen Absätzen. Sie nimmt die kleinen Ringe heraus, die sich den Rand der linken Ohrmuschel entlang nach oben ziehen, und ersetzt sie durch mehrere große, goldene Kreolen, die klirrend aneinanderstoßen, wenn sie den Kopf schüttelt. Eigentlich ist es zu kalt für dieses Outfit, aber das Gleiche trug sie auch, als sie und Mikael sich zum ersten Mal sahen.

Kennengelernt haben sie sich in Mumbai, vor einem Jahr. Eine Konferenz über Medienkunst im öffentlichen Raum. Syana hat einige Arbeiten ihres Instituts vorgestellt, Mikael von seinen Projekten zu Überwachungstechnologie berichtet. Vor ein paar Tagen hat er ihr gemailt, er käme nach New York und wolle sie gerne wiedersehen.

Syana hat die Mail nicht beantwortet. Sie will ihn am Flughafen überraschen. Unter einem verdeckten Account hat sie sich auf dem Zentralrechner des Heimatschutzministeriums eingeloggt und die Passagierlisten der Transatlantikflüge für diesen Monat durchsucht. Delta Airlines 079, Ankunft 15.30 Uhr. Keine besonderen Anmerkungen der Einwanderungsbehörde, also müsste er ungefähr eine Stunde nach der Landung die Kontrollen passieren. Dort will sie ihn abfangen.

In Mumbai haben sie einen Abend miteinander verbracht. Sie haben geredet, getrunken und getanzt, dann hat sie ihn in ihr Hotel mitgenommen. Am nächsten Morgen musste er zurück nach Berlin, eigentlich wollte sie ihn dort schon längst besucht haben. Doch die Zeit verging schnell, Berlin war plötzlich sehr weit weg. Wenn das Schicksal ihn jetzt nach New York spülte, würden die Dinge schon ihren Lauf nehmen.

Fünfundvierzig Minuten ruckelt der A-Train durch das Hinterland von Brooklyn und Queens, wo New York nicht so spektakulär ist wie in Manhattan. Um kurz nach vier trifft Syana am Ausgang hinter der Gepäckausgabe ein und postiert sich so, dass sie die herausströmenden Passagiere gut im Blick hat.

Über Neufundland reißt die Wolkendecke auf. St.-Lorenz-Strom, dann entlang der Küste gen Südwesten. Sinkflug. Die Spitze von Montauk erscheint vor dem Fenster, die Strände von Long Beach und die Häuser von Inwood, schließlich der John-F.-Kennedy-Flughafen. Mit einem Ruck setzt das Flugzeug auf. Die Bremsklappen schnellen nach oben, die Reifen quietschen. Langsam rollt die Boeing auf das Terminal zu.

Mikael ist müde. An der Immigration muss er ein paar Fragen über sich und den geplanten Aufenthalt in New York beantworten. Weil er ein Einladungsschreiben der Triangle Arts Association hat, des Partners des Berliner Stipendienprogramms, geht es recht schnell. Er nimmt seinen großen silbernen Koffer mit dem Aufnahmeequipment und den Rucksack mit Klamotten und Büchern vom Gepäckband. Seinen Rechner hat er im Handgepäck. Am Zoll vorbei, durch die letzte Tür. Endlich angekommen. Er sucht nach dem Wegweiser zum Taxistand, kuckt sich in der Empfangshalle um. Sein Blick bleibt an einer Frau hängen. Vielleicht 1,70 groß, schwarze Haare, schwarze Bluse.

»Syana!«, ruft Mikael. Der Begrüßungskuss rutscht von der Wange auf die Lippen.

Halbtotale. Ein Fahrstuhl, verrostetes Metall, stellenweise dunkelroter Schutzlack. Lautes Rumpeln. Syana und Mikael. Vorne sie, Rückenansicht, dahinter, verdeckt, er (1,80, halblange, hellbraune Haare, gewellt, blaue Jeans, weißes T-Shirt). Großaufnahme. Beide stehen ineinander verschlungen in der Ecke und küssen sich.
Kamera schwenkt nach unten. Seine Hand in ihrer Hose.
Blende.
Totale. Nichtsanierte Fabriketage. Durch eine großflächige Industrieverglasung Blick auf die Williamsburg Bridge und die Skyline von Manhattan. Wolkenloser Himmel. Einige der Scheiben sind gesprungen und mit Klebeband geflickt, andere durch Acrylpaneele ersetzt.
Eine große Matratze auf dem Boden, weißes Bettzeug. Mikael liegt auf dem Rücken, nackter Oberkörper, die Jeans bis zu den Knien heruntergezogen. Auf ihm sitzend Syana, nackt.
Nahaufnahme. Syanas Oberkörper von hinten, rhythmische Bewegungen.
Geräuschkulisse: raschelnder Stoff, schabende Haut. Atem, schneller werdend.
Lange Einstellung.
Dann ein kurzes, kräftiges Zucken, Syana sinkt auf Mikael.
Gleicher Bildausschnitt, die Kamera fokussiert die Wand am Kopfende der Matratze. Abblätternder Putz,

weiß-graues Ziegelmauerwerk. Die Atemgeräusche werden regelmäßiger, langsamer.
Blende.

Als Mikael aufwacht, ist es draußen noch dunkel. Er hat Kopfschmerzen, der Wecker zeigt 5.00 Uhr. Jetlag. Syana liegt neben ihm und schläft. Er betrachtet ihren nackten Körper.

Vom Flughafen sind sie mit dem Taxi direkt zu ihr nach Hause gefahren. Erst die Nummer im Fahrstuhl, dann in ein indisches Restaurant, später von einer Bar zur nächsten. Tanzen vor den spiegelnden Wasserflächen im Public Assembly. Danach wieder zu ihr.

Syana wohnt in einem alten Warehouse in der Kent Avenue, in der Nähe der ehemaligen Navy Yards. Eine Gruppe von Künstlern hat das Gebäude vor fünfzehn Jahren besetzt und mit einfachen Mitteln umgebaut. Hier ist Brooklyn noch heruntergekommen, auch wenn einige der alten Lagerhäuser inzwischen aufwendig renoviert und teuer vermietet wurden. Syanas Studio befindet sich im 12. Stock, von den fünf anderen Einheiten auf der Etage ist es nur durch einfache Gipskartonwände getrennt. Dafür ist der Ausblick wirklich grandios.

Die Matratze liegt in der Mitte des Raums, einzige Dekoration sind farbig bestickte seidene Kissen, die auf dem Boden liegen.

Eine kleine Kochnische, mit etwas Abstand zum Herd eine Kompaktdusche, in einem Verschlag die Toilette. Neben der Fensterwand das Bücherregal, davor indische Korbflechtstühle und ein Lounge Chair von Charles Eames, dunkles Nussholz, abgewetztes, schwarzes Leder. Der Fensterfront gegenüber, neben der Eingangstür, stehen zwei alte Videospielautomaten. Metallregale, voll mit elektronischen Geräten: auseinandermontierte Roboter, Spielzeug-Elektronik, alte Rechner und Konsolen. Atari, Commodore, Gameboy, Nintendo, Playstation. Ein Lesegerät für Barcodes und ein Videoscanner. Floppy Disks. Zips. Bandlaufwerke. Kassettenrecorder. Kameras. Monitore. VHS- und Super-Beta-Player. Ein 16-mm-Projektor.

Festplatten, Platinen, mehrere Funkgeräte.

Im ganzen Raum sind Kleidungsstücke verteilt. An den Fenstergriffen hängen feingliedrige Goldketten, vielleicht aus ihrer Heimat, silberne Armreifen und billiger Modeschmuck mit bunten Perlen.

Syana bewegt sich, schiebt ihr Bein über seines, sucht eine neue Liegeposition. Mikael streichelt ihr über die Schulterblätter, lässt seine Finger ihren Rücken hinuntergleiten und schiebt die Decke ein Stück nach unten. Syana hebt ihre Hüfte, mit dem Knie drückt er ihre Oberschenkel auseinander.

Zwei Stunden später sitzen die beiden in einem Café in der Bedford Avenue. Bagel mit Lachs und Rührei. Mikael schlingt das letzte Stückchen Lachs hinunter.

»Ich hab heute frei, muss erst morgen wieder unterrichten. Machen wir Sightseeing?«

»Logisch, gerne. Ich will unbedingt zu Ground Zero.«

Die Brooklyn Bridge, mächtige Pfeiler ragen aus dem Häusermeer hervor, Syana zeigt Mikael die Aufgänge für die Fußgänger.

»Wozu hast du eigentlich das ganze Elektrozeugs in deiner Wohnung?«

Syana denkt nach. Besser zu wenig erzählen als zu viel.

»Die Sachen brauch ich manchmal in der Uni. Wenn man den Studenten hin und wieder alte Spiele zeigt, verstehen sie, auf welchen Prinzipien so was aufbaut. Das sind sozusagen die angewandten Grundlagen des Gamedesigns. Daraus entstehen dann neue Projekte. Vor ein paar Jahren haben wir Pac-Manhattan entwickelt, Pac Man für draußen – die Straßen am Union Square sind schließlich auch so eine Art Labyrinth. Die Spieler sitzen nicht mehr vor einem Automaten, sondern laufen durch die Stadt, gesteuert über Telefon. War eine sehr lustige Aktion.«

Mikael und Syana nehmen eine der Treppen nach oben zur Brooklyn Bridge Promenade, dem Fußgängerweg über der Autotrasse. Es ist sonnig, der Blick öffnet sich zur Upper Bay. In der Ferne kann man die Freiheitsstatue sehen.

Freiheitsstatue. Geschenk der französischen Regierung an die USA zum 100. Jahrestag der amerikanischen Unabhängigkeitserklärung. Sockel aus deutschem Zement, Eisenkonstruktion von Gustave Eiffel. Mit zehn Jahren Verspätung 1886 vollendet. Der für den Bau verwendete weiße Zement stammt von der Firma Dyckerhoff. Heutiger Firmensitz: Wiesbaden.

Sie sind jetzt mitten über dem East River, die Steigung der Promenade nimmt ab. Neben den Touristen sind Radfahrer in Business-Anzügen unterwegs.

»Was hast du denn jetzt eigentlich vor in New York?«

»Ich will mir die Stadt erst einmal genau ansehen. Sicherheit, Überwachung und so. Ich will zu den Orten gehen, an denen Kameras aufgestellt wurden. Dann will ich mir ankucken, worauf sie gerichtet sind. Ja, auch im Konflikt mit den Sicherheitsleuten. Ich such da nach einer neuen Art der Annäherung … irgendwie subjektiver …«

»Aha. Subjektive Annäherung? Und das war's dann, oder was?« Syana lacht. »Okay, sehen wir uns ein paar Orte mit besonders hoher Kameradichte an. Kannst dich ja mal ›annähern‹ und ein paar Fotos machen.«

Zwischen den Hochhäusern tut sich Ground Zero auf.

Ground Zero. Militärischer Begriff für die Stelle, an der eine Bombe explodiert. Seit dem Manhattan Project, in dem ab 1942 unter der Leitung von J. Robert Oppenheimer an der Entwicklung der ersten Atombombe gearbeitet wurde, wird der Begriff für großflächig wirksame, nukleare Explosionen verwendet, vor allem in Zusammenhang mit Hiroshima und Nagasaki: Ground Zero Hiroshima, Ground Zero Nagasaki.
2001 kehrt der Begriff Ground Zero nach Manhattan zurück, an die Stelle der zwei Städte treten zwei Hochhäuser. Seit dem 11. September ist der Begriff ein Synonym für den Ort, an dem sich einst das World Trade Center befand.
Schon zwei Tage nach der Zerstörung verspricht Rudolph Giuliani, der Bürgermeister von New York, die Skyline wiederherzustellen und das World Trade Center als Symbol für ein neues New York auferstehen zu lassen. Das neue New York soll politisch und wirtschaftlich stärker werden als je zuvor.
Es folgen öffentliche Debatten, Versammlungen, Hearings. Unterschiedliche Akteure verfolgen unterschiedliche Interessen.
Der Pächter und Immobilieninvestor, Larry Silverstein.
Der Gouverneur, George Pataki.
Der Eigner des Grundstücks, die New York Port Authority.
Die mediale Öffentlichkeit.
Bürgerbewegungen.
Am Ende steht der Beschluss, die Türme nicht zu rekonstruieren. Stattdessen soll etwas Neues geschaffen werden, um Amerikas Größe zu beschwören.
Die Aufräumarbeiten beginnen sofort nach den Anschlägen,

doch es dauert Monate, bis Ground Zero vom Schutt der zerstörten Hochhäuser befreit ist. In dieser Phase gründen Gouverneur Pataki und Bürgermeister Giuliani die Lower Manhattan Development Corporation. Der neuen Behörde stehen zehn Milliarden Dollar für den Wiederaufbau zur Verfügung.
Im Sommer 2002 stellt die LMDC erste Studien für einen neuen Masterplan vor, der daraufhin intensiv diskutiert wird. Ende 2002 wird ein internationaler Architektenwettbewerb ausgeschrieben. Gefordert sind mit Büros gefüllte Hochhäuser, aber auch attraktive öffentliche Freiflächen und kulturelle Einrichtungen. Die Löcher, die einst die Fundamente der zerstörten Twin Towers enthielten, sollen wie Fußabdrücke als mahnende Leerstellen erhalten bleiben. Zusätzlich zu dem Mahnmal soll es ein Museum geben. Über vierhundert Teams senden eine Bewerbung ein. Sieben Bewerber werden aufgefordert, einen Entwurf zu erstellen.
Einige Stars der weltweiten Architekturszene treten an: Das japanische Büro Sanaa im Team mit dem amerikanischen Büro SOM, den Hausarchitekten von Investor Larry Silverstein. United Architects, eine Gruppe um den Amerikaner Greg Lynn, das amerikanisch-japanische Büro Reiser+Umemoto und den Niederländer Ben van Berkel. Rafael Viñoly aus New York und Shigeru Ban aus Tokyo vereinen sich zum Think Team. Ein weiteres Team bilden die Großmeister der amerikanischen Szene, Peter Eisenman, Steven Holl und Richard Meier. Der Brite Norman Foster und der Amerikaner Daniel Libeskind nehmen jeweils alleine teil.
Der Wettbewerb bringt ganz unterschiedliche, teilweise visionäre Entwürfe und völlig neue Interpretationen der Form »Hochhaus« hervor. Mit Brücken verbundene Körper, die sich ineinander winden, gigantische Öko-Türme, die Wiedergeburt des Handelszentrums als Kulturzentrum. SOM und Sanaa müssen ihren Entwurf zurückziehen, als bekannt wird, dass Larry

Silverstein den Auftrag schon vor der Juryentscheidung an SOM vergeben wollte. Die Jury entscheidet sich schließlich nicht für einen, sondern für zwei, dafür aber nur vorläufige Gewinner. Das Think Team und Daniel Libeskind sollen ihre Entwürfe überarbeiten.

Im Februar 2003 dann die endgültige Entscheidung. Das Think Team schlägt mit seinem »World Cultural Center« zwei neue Twin Towers vor. Nicht als Rekonstruktion, sondern als ästhetische und inhaltliche Neuerfindung. Die neuen Türme sollen miteinander verbundene, offene Gitterstrukturen sein, in die verschiedene Funktionsebenen eingehängt werden können. Dieses flexible Kulturzentrum steht an der Stelle der ursprünglichen Türme, berührt aber nicht die Abdrücke ihrer Fundamente, sondern bildet eine schützende, durchsichtige Hülle um die Leerstelle. Der Entwurf ist das Gegenstück zu den zerstörten Twin Towers. Nicht massiv, sondern filigran, nicht schwer, sondern leicht. Eine architektonische Vision für ein kulturell offenes Amerika, das keine wirtschaftliche oder militärische Dominanz beansprucht.

Ganz anders der Entwurf von Daniel Libeskind. Er heißt »Gardens of the World«. In Libeskinds typischem Stil setzen sich die Gebäude aus zackigen, dynamischen Körpern zusammen. Durch die so entstehenden keilförmigen Zwischenräume soll Licht auf das Gelände fallen. Die einzelnen Elemente münden schließlich in einen Turm, in dem sich mehrere Gärten befinden.

»Gärten sind eine konstante Bestätigung des Lebens«, so Libeskind. Die ganze Welt ist in seinen »Gardens of the World« vereint, es gibt Tundra, Taiga, Laubwald, Savanne, Wüste und tropischen Regenwald. Ein künstliches Paradies als floraler Themenpark im Innenraum eines Hochhauses in Downtown Manhattan. Sein Entwurf erschöpft sich allerdings nicht in der Symbolisierung möglicher Zukunftsvisionen, sondern bezieht auch die Geschichte der USA mit ein. In seinem pathetischen Erläuterungstext beschreibt Libeskind, wie er als jugendlicher Einwanderer zum ersten Mal die Freiheitsstatue und die Skyline von New York sah und darin die Ideale Amerikas erkannte. Die Freiheitsstatue erhebt er deshalb zur wichtigsten Referenz seines Entwurfs. Der Abschluss seines »Gardens of the World« ist eine nach oben schießende Spitze, die dem Gebäude eine Gesamthöhe von 1776 Fuß verleiht – 1776 wurde die amerikanische Unabhängigkeitserklärung verkündet.

Die Jury ist begeistert. Lebendiges Treiben und lebensfrohe Dynamik als Antwort auf den Terroranschlag. Und wie einst die Twin Towers wäre der neue Turm das höchste Gebäude der Stadt.

Libeskind gewinnt den Wettbewerb.

Schnell ist der klangvolle Name »Freedom Tower« etabliert. Silverstein will allerdings mehr attraktive Büroflächen – Symbolwert hin oder her. Ohnehin möchte er lieber seinen Hausarchitekten David Childs von SOM engagieren. Libeskind, so argumentiert er, habe zu wenig Erfahrung mit Hochhäusern und solle deshalb den Entwurf noch einmal überarbeiten. Am besten gemeinsam mit Childs.

Im September 2003 stellen sie die überarbeitete Version vor, die wesentlich einfacher ausfällt als der ursprüngliche Entwurf – zum Unbehagen Libeskinds, der nach langem Streit schließlich aufgibt und sich aus dem Projekt zurückzieht. Im Juli 2005 präsentiert Childs dann einen völlig neuen, sehr pragmatischen Entwurf. »Ich betreibe den Beruf nicht, um die Kritiker zu beeindrucken oder um Philosophien zu verwirklichen«, erklärt er, »ich will die Wünsche des Bauherrn erfüllen und die technischen Probleme lösen. In diesem Fall haben wir es mit einer Menge Wünsche und Probleme zu tun.«

Neben mehr Bürofläche bietet sein Entwurf verbesserte Sicherheitsvorkehrungen. Der sechzig Meter hohe Sockel ist so ausgelegt, dass er auch vor mit Bomben beladenen Lastwagen schützt. Zu Beginn war er komplett aus Beton geplant, inzwischen wird er weniger massiv ausgeführt. Und entgegen dem ursprünglichen Masterplan steht der Turm jetzt nicht mehr direkt an der Straße, sondern ist aus Sicherheitsgründen zwanzig Meter zurückgesetzt.

Dieses Gebäude ist kein Sinnbild des American Dream, sondern ein Bollwerk. Geblieben ist nur die Höhe – und der inoffizielle Name: »Freedom Tower«.

2006 wurde Tower 7 als erstes neues Gebäude auf Ground Zero fertiggestellt. Zweiundfünfzig Stockwerke. Der Hauptbau des neuen World Trade Centers, Tower 1, ist noch nicht so weit, es stehen erst sieben Etagen. Die Baustelle ist mit Zäunen abgesperrt, die gleichzeitig als Werbeflächen für die neuen Immobilien dienen. In fotorealistischen Computersimulationen kündigt Silverstein Properties weitere Hochhäuser an: World Trade Center 2, 3, 4 und 5.

Mikael und Syana gehen um die Baustelle herum, Mikael bleibt vor einem der großen Renderings stehen, die auf dem Bauzaun abgebildet sind.

»Das ist Ground Zero? Architektonisch ist das ja wohl die gähnende Langeweile.«

»Richtig, aber um Architektur geht es hier nicht. Das Ganze hat eher was von Monopoly. Es geht um Immobilien und um viel Geld. Wie immer in New York. Weißt du, dass Silverstein sich mit den Versicherungen gestritten hat? Die wollten nämlich nur für einen Terroranschlag zahlen.«

»Es war doch *ein* Terroranschlag!«

»Klar. Larry Silverstein meinte aber: zwei Flugzeuge, zwei Anschläge. Also die doppelte Summe. Da ging es um neun Milliarden Dollar.«

»Und wie ist die Sache ausgegangen?«

»Am Ende gab es mehrere Prozesse, weil ja auch mehrere Versicherungen beteiligt waren. Gegen eine hat er den Prozess gewonnen, gegen eine andere verloren.«

Syana zeigt auf den gigantischen Rumpf des neuen World Trade Centers hinter dem Zaun. »Das Gebäude heißt jetzt übrigens doch nicht ›Freedom Tower‹.«

»Echt nicht? Warum denn? Das ist doch ein prima Name. Immerhin wird da das Geld verdient, mit dem die Amerikaner dann anderen Völkern die Freiheit bringen. *Ihre* Freiheit.«

»Das war die Idee, aber man hatte die Rechnung ohne die Chinesen gemacht. Ein chinesischer Investor hat mehrere Etagen gemietet, mit dem Namen ›Freedom Tower‹ konnte er sich allerdings nicht identifizieren. Jetzt heißt das Ding nur noch ›One World Trade Center‹. Silverstein hat Angst, dass er sonst keine Mieter findet.«

»Schau mal, da oben.«

»Oh, schick. Eine Monacor EPTZ-3650. Eine der besten Überwachungskameras, die es derzeit gibt. Sie macht farbige Aufnahmen, gestochen scharf.«

Die Kamera überwacht den Eingang des Memorial Preview Centers, in dem das zukünftige Mahnmal vorgestellt und Spenden gesammelt werden.

Mikael holt seinen Fotoapparat raus. Mit dem GPS-Handy bestimmt er den Standort, notiert die Uhrzeit und zeichnet schnell eine grobe Umgebungsskizze in sein Notizbuch. Wie erwartet, kommt ein Wachmann auf die beiden zu: »Hey, was machen Sie da?«

»Nichts«, antwortet Mikael und versucht, seine Nervosität zu überspielen.

»Warum fotografieren Sie denn hier?«

»Einfach so.«

Mikael zuckt mit den Schultern, geht weiter. Der Sicherheitsmann stellt sich ihm in den Weg, ein zweiter Wachmann kommt dazu.

»Sie dürfen hier keine Fotos machen. Das ist verboten.«

»Verboten? Fotos?« Mikael zeigt auf die anderen Touristen. »Alle machen hier Fotos. Jeden Tag.«

»Ja, von der Baustelle. Den neuen Gebäuden. Aber nicht von den Sicherheitseinrichtungen. Löschen Sie jetzt alle Fotos von Ihrer Kamera, oder ich nehm sie Ihnen ab. Für die Baustelle gelten erhöhte Sicherheitsbestimmungen, okay? Ich kann auch gerne die Polizei anrufen. Löschen Sie jetzt also bitte die Bilder!«

Mikael nickt dem Sicherheitsmann zu und löscht widerwillig die Bilder.

»Idiot«, zischt Syana leise in Richtung des Sicherheitsbeamten. Eigentlich ärgert sie sich jedoch über Mikael. Ein bisschen mehr Einsatz hätte er schon zeigen können.

»Mach die Kamera aus, sonst kann ich die Daten nicht wiederherstellen.«

»Die sind doch eh gelöscht?«

»Man, Mikael, es gibt Programme, mit denen du das rückgängig machen kannst. Datenrettung. Wir fahren jetzt in die Uni, da hab ich alles, was wir dafür brauchen. Aber schalt jetzt endlich die Kamera aus, sonst funktioniert es nicht. Das Memorial Preview Center kannst du dir ja irgendwann mal ohne mich anschauen.«

Mit dem R-Train fahren sie von der Cortlandt zur 8th Street. Die New York University verteilt sich über mehrere Gebäude rund um den Union Square, das Game Center ist in mehreren Abteilungen angesiedelt. Syanas Büro befindet sich in der Tisch School of the Arts. Im Erdgeschoss weist sich Syana beim Sicherheitspersonal aus, mit dem Fahrstuhl fahren sie in den achten Stock. Durch enge Gänge geht es an mehreren kleinen Büros und Arbeitsräumen vorbei. In den Fluren hängen noch die Präsentationen der letzten Woche.

In Syanas winziges Büro passen lediglich ein kleiner Tisch, ein Regal und zwei Stühle. Immerhin hat sie einen eigenen Raum, an der NYU ist das schon fast so etwas wie ein Privileg.

»Gib mal her.« Zwei Minuten später sind die Daten wiederhergestellt. »So, das wäre erledigt.«

»Super, du bist großartig. So können wir das aber nicht jedes Mal machen.«

»Ne, so werden wir das ganz bestimmt nicht noch mal machen. Außerdem klappt es nicht immer, du hast jetzt eben Glück gehabt.«

»Vielleicht sollte ich eine versteckte Kamera bauen. Weißt du, so wie Steve Mann. Eine Minikamera in einer Sonnenbrille. Oder in einer Halskette. Du hast doch eine ganze Elektrowerkstatt in deiner Wohnung, da kann ich das zusammenbasteln.«

Syana grinst.

»Glaubst du etwa, dass ich das nicht hinbekomme?«

»Doch, klar kriegst du das hin. Mein kleiner Mikael Superspy mit Agentenbrille. Jetzt mal im Ernst: Ich dachte, genau darauf kommt es dir an? Auf die Auseinandersetzung mit den Sicherheitsleuten? Mit einer versteckten Kamera gehst du denen aus dem Weg. Nein, die Sonnenbrillennummer ist zu billig. Außerdem gibt es das schon in schlechten Snuff-Pornos.«

Mikael denkt nach. »Kann man die Bilder aus der Kamera nicht irgendwie auf einen externen Speicher bekommen? Vielleicht mit 'ner Funkverbindung?«

»Hab ich mich auch schon gefragt. Ein Kollege von mir hat so was mit seinen Studenten gemacht. Den Sender-Speicher hat er selbst gebaut, den kann ich mir mal ausleihen.

Die Bilder werden direkt auf eine Festplatte übertragen, die du einfach in einen Rucksack packen kannst. Fällt überhaupt nicht auf. Den Rucksack kann theoretisch auch jemand anderes tragen, das wäre noch sicherer.«

Mikael schaut Syana erstaunt an. »Woher weißt du das eigentlich alles? Oder denkst du dir so was nur aus, um mich zu beeindrucken?«

Bei der Konferenz, auf der sich Mikael und Syana in Mumbai kennengelernt haben, hat sie die eher unverfänglichen Arbeiten des NYU Game Center vorgestellt: Lernspiele für Kinder, Kennenlernspiele für Erwachsene. Außerdem noch einige der kommerziellen Produkte, das Institut entwickelt nämlich auch Spiele für Marketingevents, mit denen auf unterhaltsame und medienwirksame Weise neue Technologien präsentiert und getestet werden können. Mit irgendetwas müsse sich die Forschungseinrichtung ja finanzieren, lautet die offizielle Begründung für diese Art von Kooperation. In Wirklichkeit kommt ein Großteil des Geldes für die experimentellen und sozialen Spielprojekte aus einer anderen Quelle.

Syana arbeitete in dem geheimen Bereich des Centers, um wie das ICT im Auftrag des Militärs an der Zukunft des Spiels zu forschen. Von ihrer Arbeit kann sie jemandem wie Mikael nichts verraten. Außerhalb des engsten Kollegenkreises hat sie darüber noch nie geredet. Ihm erzählt sie jetzt lieber eine harmlose Variante.

»Meine Spiele sind ein bisschen anders als normale Computerspiele, sie sind eher eine verspielte Form der Wirklichkeit. Es geht darum, Ideen aus der Spielwelt in den Alltag zu schmuggeln. Zum Beispiel Technik anders verwenden, als es eigentlich geplant war. Kreativer Missbrauch, nennt man das.«

Mikael schaut sie fragend an. Hat er das jetzt wirklich nicht kapiert? Oder macht er bloß auf naiv?

Willing suspension of disbelief, deutsch etwa freiwilliges Aussetzen der Ungläubigkeit. Der Begriff taucht erstmals 1817 bei Samuel Taylor Coleridge auf, einem englischen Romantiker. Heute gebräuchlich als Terminus technicus in der Computerspielbranche. Meint das totale Eintauchen in künstliche Welten, ein restloses Aufgehen in den dort zugewiesenen Rollen. Dazu schreibt der Spieletheoretiker Ernest Adams in seinem Buch *Fundamentals of Game Design* aus dem Jahr 2006: »The pretended reality in which you are immersed seems as real as, or at least meaningful as, the real world.«
Auch außerhalb von Spielwelten stößt man auf die Prinzipien der *suspension of disbelief*: Romane und Spielfilme bauen seit jeher auf die Bereitschaft der Leser und Zuschauer, sich in eine fiktive Handlung hineinzuversetzen. Dieses Verhaltensmuster dringt aber auch in den Alltag der vermeintlichen Realwelt. Das im Museum ausgestellte »Gold der Pharaonen« ist ein Remake, die »lokale Spezialität« im Ausflugsrestaurant stammt aus der Tiefkühltruhe. Und die architektonische Variante der *suspension of disbelief,* der Themenpark, hält mehr und mehr Einzug in die Stadtplanung. Inzwischen werden nicht nur Schlösser, sondern ganze Altstädte künstlich (aber nicht zwingend kunstvoll) rekonstruiert. Diese Inszenierungen stillen unsere Sehnsucht nach einer Alternative zu dem, was als »das echte Leben« bekannt ist, aber doch nur eine Aneinanderreihung wiederholbarer, austauschbarer, kontrollierter Erlebnisse darstellt. Die Welt ist ein Fake, und die Möglichkeit, in fiktionale Parallelwelten einzutauchen und dafür zeitlich begrenzt die kritische Vernunft auszuschalten, scheint das Überlebensprinzip der Gegenwart zu sein.

Den Sonntag verbringen Syana und Mikael getrennt. Mikael streift durch New York, schaut sich das MoMA an, East Village, Little Italy, Chinatown. Für den Abend haben sie sich in einem American Diner am Broadway verabredet. Es gibt Burger, Pommes und Bier. Nach dem Essen zieht Syana einen Briefumschlag aus ihrer Tasche und schiebt ihn Mikael über den Tisch zu.

»Surprise, Surprise!«

»Was ist denn das?«

»Ein kleines Geschenk. Damit du mich nicht vergisst. Ich fahre für eine Woche nach Vancouver.«

»Die Schlüssel zu deiner Wohnung hab ich doch schon«, lacht Mikeal. »Es hat also etwas mit dem Projekt zu tun.« Er tastet den Umschlag ab. »Der Chip?«

Syana grinst. Neben dem Chip liegt im Umschlag ein kleiner Zettel mit den Anweisungen für die Netzwerkeinstellungen und dem Passwort für die Verschlüsselung.

»Und der funktioniert wirklich? Wie hast du das denn so schnell geschafft?«

»Na ja, richtig Arbeit war das nicht. Eher ein kleiner Spaß. Hoffentlich funktioniert's. Ich will ja, dass du Zeit hast, wenn ich wieder zurück bin. Also musst du jetzt mit deinem Projekt vorankommen ...«

Nach dem Essen gehen die beiden zu Syana.

»Warum habt ihr hier eigentlich eine Kamera?«, fragt Mikael, als er mit ihr im Aufzug zu ihrem Studio steht.

»Die hab ich mal eingebaut. Man weiß ja nie, wer hier so ein- und ausgeht. Letztes Jahr gab es ein paar Einbrüche.«

»Und der Sicherheitsdienst kann sich dann unsere letzte Fahrstuhlfahrt auf Video ansehen, oder was?«

»Mikael, hier gibt's keinen Sicherheitsdienst. Ich bin die Security.«

Syana schmiegt sich an Mikael und drückt ihn in die Ecke des Fahrstuhls. »So, jetzt bist du besser im Bild. Denkst du, ich würde dir meine Schlüssel geben, wenn ich nicht genau wüsste, was hier passiert? Ich schau mir unsere Videos außerdem ganz gerne an.«

Sie greift in seine Hose. »Fühlt sich nicht so an, als ob dich die Kamera stören würde.« Sie lächelt. »Aber du kannst natürlich jederzeit gehen, wenn es dir nicht gefällt. «

Die nächste Woche verbringt Mikael in seinem Atelier. Allein fühlt er sich in Syanas Wohnung nicht wirklich wohl. Das Studio befindet sich in einem elfgeschossigen Lagerhaus. Gegenüber ein Geschäft für gebrauchte skandinavische Möbel und ein Umspannwerk, dann der East River. Zwei Blocks von dem Gebäude entfernt rauscht der Verkehr auf der Manhattan Bridge, nach der das Viertel benannt ist: Direct Under the Manhattan Bridge Overpass, kurz: Dumbo.

Ein Teil des Gebäudes wird noch ausgebaut, aber die meisten Stockwerke sind bereits voller kleiner Studios und Ateliers. Der Raum für den Berliner Stipendiaten befindet sich in der dritten Etage. Silbern blitzende Stahltüren trennen den weißen Flur von den Ateliers. Bei einigen Künstlern kleben Zettel an der Tür: Namensschilder, Hinweise für den Paketdienst, Flyer für Ausstellungen und Performances.

Das Atelier ist knapp vierzig Quadratmeter groß. Genau richtig für einen Bildhauer oder Maler, aber viel zu groß für Mikael. Irgendwie ungemütlich, und die karge Einrichtung tut ein Übriges. Wenigstens gibt es ein Sofa, auf dem Mikael im Notfall schlafen kann; außerdem fließend Wasser. Die Toiletten sind draußen auf dem Flur.

Kamerafahrt. Ein großer, leerer Raum. Dunkler Holzboden. Ein Sofa. Als Tisch ein verrostetes Stahlgestell mit einem alten Türblatt. Auf dem Tisch ein Laptop, darunter ein Drucker.

Weiße Wände. Auf dem Sofa liegt Mikael. Jeans. Weißes T-Shirt. Barfuß, unrasiert. Er schläft. Seine Füße auf der Armlehne. Neben dem Sofa stehen zwei geöffnete Bierdosen. Eine zerdrückte Bierdose schaut unter dem Sofa hervor.

Diffuses Licht. Morgengrauen.

Auf dem Boden verstreut Zeitungen und Computerausdrucke. An der Wand hängen Zeitungsausschnitte. Ein Stadtplan von New York. Mehrere Blatt Papier, blanko und kariert, mit handschriftlichen Notizen.

Zoom auf ein Detail an der Wand. Zu sehen ist der Stadtplan, einzelne Orte sind mit schwarzen Punkten markiert und durchnummeriert.

Schwenk über die Wand, es ist keine Ordnung zu erkennen. Bilder von Gebäuden. Aktienkurse. Zeitungsartikel mit Unterstreichungen.

Detailaufnahme. Mikaels Gesicht. Ruhiger Atem. Als Geräuschkulisse eine vorbeifahrende U-Bahn. Der Kopf bewegt sich leicht zur Seite.

Detailaufnahme. Wieder ist der Stadtplan zu sehen. Schwenk auf einen der Zettel. Kariertes Papier. Mit Bleistift untereinander geschrieben:

Ground Zero. Terrorzentrum (unterstrichen).

Wall Street. Global Financial Headquarter.

United Nations. Zentrum der Weltpolitik (unterstrichen).

New York Yankees Stadium. Sport.

Museum of Modern Art. Geschmackszentrum.

Police Square. Sicherheit. National Counterterrorism Center (doppelt unterstrichen).

Times Square. Entertainment. Disney Corporation. Geld. Nasdaq. Information. Condé Nast. American Hegemony (unterstrichen).

Metropolitan Opera. Money. Culture. Europa (durchgestrichen).
Goldman Sachs Headquarters. 200 West Street.
JFK. Drehscheibe. Immigration (Doppelt unterstrichen)
Freiheitsstatue. Geschichte. Immigration.
Halbtotale.
Das Sofa von hinten. Mikaels Füße bewegen sich. Er steht auf und streckt sich. Bückt sich über die Zeitungsausschnitte am Boden. Knüllt die Papiere zusammen und wirft sie in den Papierkorb.
Blende.

Gegen Ende der Woche will Mikael das erste Foto-Shooting machen. Zumindest einen Test. An der Wall Street, denn dort gibt es besonders viele Kameras. Und es sollen noch mehr werden. Der Bürgermeister plant, die Videoüberwachung zu intensivieren. Dreitausend weitere Kameras will allein die Lower Manhattan Security Initiative, ein Zusammenschluss von Geschäftsleuten und Unternehmen, im südlichen Manhattan installieren.

2010 besucht Michael Bloomberg, der Bürgermeister von New York, die britische Hauptstadt, um sich dort über aktuelle Sicherheitstechniken im urbanen Raum zu informieren. London ist weltweiter Vorreiter in Sachen Videoüberwachung, bereits Anfang der Neunziger wurde hier der »Ring aus Stahl« eingerichtet, ein Schutzwall aus Straßensperren und Kameras, eine Reaktion auf die Anschläge der IRA. Inzwischen sollen in ganz Großbritannien rund vier Millionen Überwachungskameras in Betrieb sein. Der Presse erklärt der begeisterte Bloomberg, mehr Kameras würden mehr Sicherheit vor Terroranschlägen bedeuten. Schließlich, so seine Argumentation, hätten die Bilder der zwölftausend in der Londoner U-Bahn montierten Kameras zur Identifikation des Attentäters von 2005 geführt. »Wollen Sie sich nicht sicher fühlen?«, so die rhetorische Frage von Bloomberg an die versammelten Reporter. Doch London setzt nicht nur auf herkömmliches CCTV. Für die olympischen Spiele 2012 plant die Polizei auch den Einsatz von Drohnen.

Mikael ist auf dem Weg zur New York Civil Liberties Union. Das Büro ist in Downtown, am südlichen Ende des Financial District. Er hofft, dort ein paar interessante Gesprächspartner zu treffen. Beeindruckt bleibt er vor dem Nachbargebäude stehen. Zweiundzwanzig Geschosse, erbaut 1968. Gemauerte Fassade, massige Stützpfeiler, Fenster wie Schießscharten. Ein Hochhaus wie ein Bunker – Verteidigungsarchitektur. Es ist eine Bank: J. P. Morgan Chase & Co.

New York. 16. September 1920. Der erste mobile Sprengstoffanschlag der Terrorismusgeschichte. Amerikanische Anarchisten führen einen Anschlag auf das Bankhaus J. P. Morgan aus. Ihre Pferdekarrenbombe tötet achtunddreißig Menschen und verletzt über hundert weitere.

Inzwischen beugt man vor, insbesondere die Wall Street wird gegen Terrorakte geschützt. »Mehr Sicherheit« lautet die Devise. Mehr Kameras, mehr Polizei, mehr Wachleute.

An vielen Straßen gibt es Sicherheitsschleusen für Fahrzeuge: Eine erste Straßensperre öffnet sich, das Fahrzeug fährt ein. Die Sperre wird wieder geschlossen. Auf Sprengstoff trainierte Hunde werden am Fahrzeug vorbeigeführt. Eine zweite Sperre öffnet sich, das Auto kann herausfahren.

Es gibt Sperren, die aus dem Boden hochgeklappt werden, und Sperren, für die man große Drehscheiben in den Asphalt eingelassen hat. In den Stoßzeiten der An- und Ablieferung bilden sich vor den Kontrollpunkten kleine Staus.

Tatsächlich schlug der jüngste Anschlag in New York 2010 fehl: Der mit Sprengstoff gefüllte Van auf dem Times Square wurde entdeckt, der Täter zu lebenslanger Haft verurteilt.

Mikael betritt das Foyer des Hochhauses, in dem sich die Civil Liberties Union eingemietet hat. Den Report *Who's watching?* mit aktuellen Kartierungen von Überwachungskameras hat er sich bereits von der Website heruntergeladen. Bei der Sicherheitskontrolle am Eingang werden seine Personalien aufgenommen, es wird überprüft, ob Mikael als Besucher angemeldet ist.

Fehlanzeige.

Ohne Termin kann er die Sicherheitskontrolle nicht passieren. Auch die Kritiker sind Teil des Systems.

Faulhaber, Christoph. Deutscher Künstler (geboren 1972). Führte von 2002 bis 2006 gemeinsam mit Lukasz Chrobok die fiktive Sicherheitsfirma Mister Security, die den BND und die amerikanische Botschaft observierte. Mehrmals wurde er in der Ausübung seiner künstlerischen Arbeit von der Polizei behindert, seine Fotos wurden sogar beschlagnahmt. Es folgten polizeiliche Ermittlungen und gerichtliche Auseinandersetzungen. Auch wenn Faulhaber keine Straftaten beging, geriet er wegen dieser Aktivitäten auf die US-amerikanische Liste für Terrorverdächtige. Dies führte letztlich zum Entzug des Stipendiums für einen New-York-Aufenthalt.

Das Shooting im Financial District verläuft wie erwartet. Mikael fotografiert mehrere Überwachungskameras. Dann spricht ihn ein Security-Mann an, fordert ihn auf, mit dem Fotografieren aufzuhören. Ohne große Widerrede löscht er die Bilder von der Kamera.

Mikael zieht weiter, fotografiert andere Kameras an anderen Gebäuden. Er dokumentiert die Überwachung an den architektonischen Highlights: am Empire State Building, am ehemaligen PanAm Building von Walter Gropius, am UN-Gebäude von Le Corbusier. Im Netz recherchiert er, welche Firmen und Institutionen in den jeweiligen Gebäuden ihren Sitz haben, wie viel Umsatz sie machen und wie viele Leute in den Gebäuden arbeiten.

Er fotografiert rund hundertzwanzig Kameras und ihre Umgebung. Die Wand seines Ateliers ist mit den Fotos und den dazugehörigen Daten und Statistiken übersät. Doch irgendwie wiederholt sich alles. Manchmal kommt die Security, manchmal nicht. Die Gespräche ähneln sich, die Statistiken auch. Es passiert nichts Neues, außer dass immer mehr Fotos von Überwachungskameras auf seiner Festplatte im Rucksack gespeichert werden. Mikael steckt fest.

Bisweilen kommt er sich so vor, als würde er einen Anschlag planen. Er beginnt, sich selbst durch die Augen der Überwacher zu sehen: Er ist jemand, der im Netz Wirtschaftsdaten sammelt, Fotos von Gebäuden macht, die Sicherheitslage auskundschaftet und die Wachleute in Gespräche verwickelt.

So vergehen Mikaels erste Tage in New York. Ein wenig enttäuschend, wenn er ehrlich ist. Und sehr erschöpfend.

Heute Abend kommt Syana zurück. Eigentlich kann er es sich nicht leisten, aber für ihre Rückkehr hat Mikael bei Dean & DeLuca eingekauft. Sekt, Wein, Austern, Fisch, Gemüse.

Die Begrüßung ist kurz und heftig, im Stehen an der Spüle. Noch außer Atem öffnet Mikael den Sekt und schenkt zwei Gläser ein. »Wie war's in Vancouver?«

»Okay. Electronic Arts ist interessiert.«

«An deinem Spiel?«

»Nein. Ich hab denen was von der Uni vorgestellt. Mein Spiel ist nicht wirklich was für Electronic Arts. Die sind total kommerziell, einer der größten Player in der Video- und Computerspiel-Szene.« Syana lacht. »Mein Spiel ist doch was ganz anderes. Eigentlich gar kein Spiel mehr, sondern *entertainte* Wirklichkeit. Das totale Spiel, sozusagen.«

»Totales Spiel? Das klingt ja wie totaler Krieg. Was meinst du denn mit total?«

»Na, das hat schon was mit totalem Krieg zu tun. Und mit Unausweichlichkeit. Spiele haben immer Regeln, und an die muss sich jeder halten. Was ja schon mal scheiße ist, weil es eben keinen Spaß macht, sich an Regeln zu halten. Wie Spiele ausgehen, ist meistens vorhersehbar, auch bei Computerspielen. Alles prescripted. Der Spieler kann nur das machen, was der Programmierer sich ausgedacht hat. Ich habe so was schon tausendmal programmiert, und jedes Mal muss man sich überlegen, wie man den Spieler überlisten kann. Der soll schließlich nicht merken, dass er eigentlich nur das macht, was der Programmierer sich für ihn ausgedacht hat. Mein Spiel funktioniert da vollkommen anders.«

»Aber Computerspiele beruhen doch immer auf Algorithmen? Wie willst du die so verändern, dass sich das Spiel unerwartet entwickelt? Geht das überhaupt, rein logisch?«

»Hey, was ist schon logisch? Ein Spiel muss sich permanent weiterentwickeln. Ich bin doch nicht blöd und schraub nur an den Algorithmen. Ich arbeite mit einem unberechenbaren Parameter.« Syana grinst und mustert Mikael von oben bis unten. »Der Spieler selbst ist meine wichtigste Variable. In meinem Spiel führt der Spieler nicht bloß ein Programm aus, sondern er verändert die ganze Programmstruktur. Der Spieler schreibt das Spiel neu. Klingt vielleicht kompliziert und ist auch nicht ganz trivial. Das macht aber nichts, weil es ja kein kommerzielles Projekt ist, sondern was für … für sehr spezielle Spieler eben.«

Während Syana redet, legt Mikael den Fisch in die Pfanne. Zwei Filets, Loup de Mer.

Die Ausweitung des Spiels in die Realität.
Stufe 1: Der Spieler ist so in den Bann des Spiels gezogen, dass er die Welt außerhalb des Spiels nicht mehr wahrnimmt.
Stufe 2: Spiel und Alltagswelt überlagern sich, der Spieler kann nicht mehr zwischen Spiel und Wirklichkeit unterscheiden.
Stufe 3: Die Wirklichkeit wird zum Spiel, das Spiel zur Wirklichkeit.

Gamification. Der Alltag wird durch Spiele organisiert. Neue Form des Gesellschaftsspiels, das dem Sinnlosen Sinn verleiht. Als Belohnung gibt es Punkte. Das Spiel der Zukunft braucht kein Ziel, keine komplexen Regeln, keine Geschichte und keine Dramaturgie. Es ist Selbstzweck, weil es den Alltag in ein Bonussystem verwandelt.

»epic win«. iPhone-Applikation. Das Rollenspiel honoriert alltägliche Aufgaben wie Müllrausbringen oder Abwaschen mit Punktgewinnen. Lästiges wird zu einer angenehmen Herausforderung.

»Foursquare« spielt man ebenfalls auf mobilen Geräten. Hier bekommt der Spieler Punkte, wenn er in seiner Stadt »neue Dinge entdeckt«. Innerhalb seines sozialen Netzwerks kann er

Freunde an einen bestimmten Ort einladen und dies über »Foursquare« kommunizieren. Je mehr Leute kommen, desto mehr Punkte gibt es.

Am nächsten Morgen scheint die Sonne auf das Bettenlager von Syana und Mikael. Neben der Matratze stehen zwei Gläser und eine leere Weinflasche.

»Wo ist denn meine Hose? Hast du zufällig Aspirin?«

»Ist in der Küche, in der Schublade mit dem Besteck, ganz hinten.«

Mikael setzt sich neben die Matratze und zieht sich an. »Jetzt mal im Ernst: Was machst du eigentlich wirklich mit dem ganzen Technikkrempel? Du kannst mir doch nicht im Ernst erzählen, dass du den ganzen Schrott nur für deine Studenten sammelst. Dein Überwachungssystem ist ja auch nicht für die Studenten.«

»Hey, nur weil wir vögeln, musst du noch lange nicht alles wissen.«

Sie zieht ihn wieder zu sich auf die Matratze.

Zwei Stunden später, Mittagessen um die Ecke.

»Ich finde schon, dass mich das was angeht.«

Syana schiebt den Teller mit ihrer Pizza beiseite.

»Also gut. Wenn du es unbedingt wissen willst: Ich hab Informatik studiert, war in allen möglichen Datenwelten unterwegs. In manchen hatte ich nichts zu suchen. Wenn man erwischt wird, bekommt man Ärger. Ich war gut, sehr gut, trotzdem haben sie mich gekriegt. Dann haben sie mich vor die Wahl gestellt: entweder mitmachen – oder zurück nach Indien. Studium zu Ende, keine Berufschancen, Scheiße. Also habe ich für die gearbeitet, Löcher in der Software gesucht.«

»Du bist eine Datenspionin?«

»Quatsch. Das war nur, wie soll ich sagen, ein Nebenjob. Außerdem konnte ich damit eben meinen guten Ruf wiederherstellen. Nach dem Studium hab ich sofort aufgehört. Hatte eh keine Lust mehr, die Fehler von anderen zu suchen.«

»Und was für einen Job hast du dann gemacht?«

»Ich habe Spiele entwickelt, das weißt du doch.«

»Ja, aber was hat das mit deiner Tätigkeit als, als ... na, wie nennst du das?«

»Jetzt komm mal runter!« Syana lacht. »So besonders ist das alles auch nicht, das machen viele.«

»Für mich ist das schon was Besonderes. Ich hatte eben noch nie mit einer Hacker-Agentin zu tun. Aber jetzt komm endlich zur Sache.«

»Ich habe Kriegsspiele fürs amerikanische Militär entwickelt.«

»Kriegsspiele? Du hast doch gesagt, dass du in San Diego an der Uni gearbeitet hast?«

»Stimmt ja auch. Unser Institut wurde vom Verteidigungsministerium finanziert. Wir haben Spiele entwickelt, mit denen Soldaten trainieren. Einen Ego-Shooter, in dem man erst für sich alleine und dann im Netzwerk mit anderen Soldaten spielt. Mit solchen Spielen kann man ganz gut testen, ob jemand geeignet ist, beim Militär ein hohes Tier zu werden.«

»America's Army«. Kostenloses Online-Computerspiel. Einfach auf www.americasarmy.com herunterladen. Kein Trainingsinstrument, sondern Werbe- und Recruitung-Maßnahme. Basiert auf der Unreal-Engine. Genre: Tactical First Person Shooter. Im Jahr 2000 im Auftrag der US-Army entwickelt, 2002 erstmals veröffentlicht. Eines der zehn meistgespielten Online-Games

weltweit. Mehrere Updates, in der aktuellen Version »America's Army 3« stehen die Special Forces der Army im Mittelpunkt.
Das Spiel ist in zwei Ebenen unterteilt. Es beginnt mit einem sogenannten Tutorial, hier lernt der Spieler die Regeln kennen und löst ihm gestellte Aufgaben. Neben dieser Grundausbildung kann man weitere Trainingseinheiten absolvieren, um sich zum Beispiel als Scharfschütze oder Sanitäter ausbilden zu lassen.
Erst nach Abschluss des Tutorials steigt der Spieler in den Multiplayer-Modus ein. Er spielt im Team mit originalgetreu nachgebildeten Waffen der US-Army gegen gegnerische Kräfte, Terroristen und Aufständische.
Die Missionen sind, so die Eigenwerbung, »the most authentic military experience«. Zwischendurch kann man sich auf der Website Videos ansehen – früher von echten Kampfeinsätzen, heute immerhin noch über »real heroes«.
Seit 2007 gibt es mit »Special Operations« auch eine Version fürs Handy.
Angeblich soll die Army besonders gute Spieler von America's Army gezielt angeworben haben.

Syana ist von den Möglichkeiten, die sie am ICT hatte, noch immer begeistert. Sie redet und redet, Mikael ist sprachlos.

»Wir haben uns für die Missionen keine neuen Aufgaben ausgedacht, sondern die Situationen genommen, auf die sich die echten Kampfeinheiten im echten Einsatz gerade vorbereitet haben. Und dann haben wir geschaut, welche Strategien die Spieler entwickeln. Manchmal haben weltweit über tausend Teams gleichzeitig gespielt.

»Und was habt ihr damit gemacht?«

»Die interessantesten Strategien hat die Kommandozentrale bekommen, als taktische Anregung.«

»Ihr habt also das Open-Source-Prinzip auf das Militär und seine Gefechtstaktik angewandt? Und die Spieler wussten wahrscheinlich nicht mal, dass sie dabei den Ernstfall testen?«

»Genau.« Syana schaut an Mikael vorbei und überlegt, ob sie noch mehr erzählen soll. »Und dann sind wir einen Schritt weiter gegangen. Angefangen hat es damit, dass wir Soldaten trainiert haben, bevor sie in den Einsatz mussten. Wir haben natürlich versucht, das so realistisch wie möglich zu machen, richtig gute Simulationen. Wir haben ganze Panzer nachgebaut, Flugzeug-Cockpits, alles so realitätsnah wie möglich. Und dann ist etwas passiert, das wir nie erwartet hätten: Die Soldaten wurden immer schlechter, je realistischer unsere Simulation wurde. Unkonzentrierter, ängstlicher, einfach schlechter. Plötzlich wussten wir: Wenn die Soldaten denken, sie spielen, sind sie besser, als wenn alles so aussieht wie im echten Gefecht. Die waren im Spiel besser als in der Realität, verstehst du? Als wir das verstanden hatten, haben wir alles auf den Kopf gestellt. Wir haben nicht mehr versucht, die Simulation so aussehen zu lassen wie den echten Krieg, sondern den Krieg wie ein Spiel. Ein völlig neues Konzept, Krieg 2.0.«

»Und wie ging es dann weiter?«

»Wir haben neue Waffensysteme gebaut.«

Institute of Creative Technologies (ICT), University of Southern California, San Diego. Gegründet 1999. Im Jahr 2000 starten die Defense Advanced Research Projects Agency (DARPA) und die US-Army das Forschungs- und Entwicklungsprojekt »Future Combat Systems«, das neue Waffensysteme für die netzwerkbasierte Kriegsführung entwickelt. Im Rahmen dieses Programms erforscht das ICT neuartige Steuerungsinstrumente für Waffen, die wie das Interface von Computerspielen aufgebaut sind. Die Soldaten mit dieser neuen Art von Steuerung vertraut zu machen war die Aufgabe eines weiteren Spiels: »Future Force Company Commander« (F2C2).

Bei der Air Force haben sich derartige Technologien bereits durchgesetzt. Unbemannte, ferngesteuerte Flugzeuge sind unter anderem in Afghanistan, Pakistan, Jemen und Libyen im Einsatz, mit Kameras und Raketen bestückt. Gelenkt von einem Luftwaffenstützpunkt in den USA. Gesteuert per Joystick. Auf Knopfdruck zerstören Hellfire-Raketen Zielobjekte, die Zehntausende Kilometer von der Einsatzzentrale entfernt sind. James Korris, der ehemalige Kreativdirektor des ICT, nennt die innere Haltung, auf denen solche Waffensysteme aufbauen, »den synthetischen Blick auf die Welt«.

Am Nachmittag geht Mikael in einem der neuangelegten Parks am Ufer des East River spazieren und lässt die letzten Tage Revue passieren. Die Nächte mit Syana, ihren Spleen, Sex mit Überwachungskameras aufzunehmen. Wie viele solcher Filme sie wohl auf ihrem Rechner hat? Und mit wie vielen anderen Männern?

Suspension of disbelief, davon hatte Syana gesprochen, als sie von ihren Spielen erzählt hat. Mikael überlegt, ob das Aussetzen der eigenen Ungläubigkeit freiwillig oder unfreiwillig erfolgt. Und wenn er Syana richtig verstanden hat, geht es ihr darum, die *suspension of disbelief* vom Spiel aufs Leben zu übertragen. Die Grenzen zwischen Realität und Fiktion zu verwischen, ohne dass es die Beteiligten bemerken. Und Syana? Vielleicht hat sie ja auch selbst längst den Bezug zur Realität verloren und ist in ihren eigenen Simulationen gefangen? So kann Mikael sich zumindest ihre Überwachungslust erklären: als verzweifelten Versuch, das, was im Leben wirklich ist, festzuhalten – damit es beim Verwischen der Grenzen von Wirklichkeit und Simulation auf keinen Fall verlorengeht.

Dann fällt ihm schlagartig die Lösung für sein eigenes Projekt ein.

Bei Syana ist besetzt. Ein Hubschrauber landet am gegenüberliegenden Ufer. Immer noch besetzt. Der Hubschrauber hebt wieder ab, dreht eine Runde und verschwindet aus Mikaels Blickfeld. Immer noch besetzt.

Mikael betrachtet die Kaianlagen, die früher den Reichtum von New York ausgemacht haben, als noch täglich Hunderte Schiffe anlegten, Waren verladen wurden und der Hafen einer der wichtigsten Arbeitgeber der Stadt war. Heute ist der Hafen immer noch wichtig, der drittgrößte der USA, bemessen am Güterumschlag. Der allerdings findet zum größten Teil auf seiner Westseite statt, in New Jersey. Und die Port Authority macht ihr Hauptgeschäft mittlerweile mit Immobilien und Grundstücken – unter anderem dem World Trade Center.

Mikael läuft Richtung Subway und zieht noch einmal sein Handy aus der Tasche. Endlich das Freizeichen.

»Syana, ich hab's. Ich weiß jetzt, was ich mache. Ich hör auf mit den Fotos. Die bringen es nicht.«

»Und was machst du stattdessen? Kellnern?«

»Nein, ich mach einen Film.«

»Warum denn das?«

»Im Prinzip mache ich ja jetzt schon nix anderes. Ich suche lauter Drehorte zusammen, und da wird dann immer die gleiche Szene gespielt: Ich mache mir Notizen, fotografiere, dann kommt ein Wachmann und will die Kamera.«

»Daran wird sich aber auch dadurch nichts ändern, dass du das mit einer Videokamera machst.«

»Richtig. Da jetzt mit noch mehr Kameras dagegen zu filmen, ergibt ja auch gar keinen Sinn. Das wäre eine Art Rüstungswettlauf, und das führt nirgendwohin. Ich mach das jetzt wie die Surveillance Camera Players.«

»Und drehst den Film ...«

» ... mit den Überwachungskameras, die schon da sind. Ich will das unerschöpfliche Reservoir an Geschichten sichtbar machen, das die Überwacher zu sehen bekommen.«

»Sag mal, Mikael, kommst du heute noch zu mir? Oder wollen wir uns irgendwo treffen? Wir könnten Essen gehen.«

»Ich erzähle dir meine neue Idee, und du denkst ans Essen?«

»Meine Güte, ich hab halt Hunger. Außerdem würde ich dich gerne sehen ... Mikael, bis du noch dran?«

»Kannst du mir dabei helfen? Du weißt doch, wie man Überwachungskameras hacken kann.«

»Man, du erzählst vielleicht einen Blödsinn. Wie kommst du überhaupt auf die Idee, dass ich von so was Ahnung haben könnte?«

Syana legt auf.

Eine halbe Stunde später steht Mikael vor Syanas Tür.

»Hast du einen Knall? So was kann man doch nicht am Telefon besprechen!«

»Wieso? Glaubst du etwa, dass dein Telefon abgehört wird?«

Syana zuckt mit den Schultern. »Wer weiß, vielleicht wirst ja auch du abgehört?«

»Wieso sollte denn ich abgehört werden?«

Syana lacht. »Stimmt, für dich interessiert sich vielleicht wirklich niemand, aber bei mir ist das eben was anderes. Ich muss vorsichtig sein.«

»Okay. Werd ich mir merken. Kann man nun mit Überwachungskameras einen Film drehen oder nicht?«

»Wenn du die Kameras selbst montierst, auf jeden Fall.«

»Syana, ich mein's ernst. Kannst du mir helfen?«

»Mal sehen.«

Dass sie nicht mit »Ja!« antworten würde, war Mikael klar. Aber eigentlich hieß »mal sehen« bei ihr »kein Problem«.

»Was bekomme ich denn für meine Hilfe?« Sie lehnt sich gegen den Kühlschrank und streckt die Hüfte vor.

»Was willst du denn? Ein Abendessen die Woche könnte ich dir anbieten. Selbst gekocht. Wenn es sein muss, sogar vegetarisch.«

»Krieg ich eine Anzahlung?«

»Nein, ich hab nichts eingekauft. Aber ich kann ja mal kucken, was noch im Kühlschrank ist.«

»Versuch's doch«, antwortet Syana und zieht Mikael zu sich heran.

»Da gibt es mehrere Möglichkeiten«, erklärt Syana, während Mikael eine Art Bauernfrühstück zubereitet. »Man kann die Videoaufnahmen analog oder digital übertragen. Mit Kabeln oder über Funk. Die Funksignale abzufangen ist einfach. Na ja, relativ einfach. Kabel kann man auch anzapfen, da muss man aber mechanisch ran.«

Mikael versucht sich vorzustellen, wie Syana an der Verkabelung eines überwachten Gebäudes herumbastelt.

»Bei den digitalen Systemen sind die Kameras an einen Computer angeschlossen, der entweder über Kabel oder über WLAN mit dem Netz verbunden ist. Je nachdem, wie das aufgebaut ist, gibt es unterschiedliche Punkte, an denen man zum Hacken ansetzen kann. Den Netzwerkverkehr fängt man am besten in der Nähe der Quelle ab. Also bei der Kamera. Oder beim Empfänger, also dem Monitor oder dem Recorder. Dafür braucht man einen Netzwerk-Sniffer. Bei großen WLAN-Netzwerken ist es komplizierter, die sind fast immer verschlüsselt. Es gibt aber immer noch unverschlüsselte Netzwerke. Und WEP und WPA lassen sich eh relativ einfach knacken.«

Mikael wirft kleingeschnittene Kartoffeln und Zwiebeln in die Pfanne.

»Passt du mal auf, dass nichts anbrennt? Ich hol schnell eine Flasche Wein.«

Mikael rennt die Treppen runter. Draußen ist es bereits dunkel. Der Film – oder besser die Filme, aus denen er das Ganze collagieren will – ist in seiner Vorstellung schon fast fertig.

Alle Bilder sind schwarz-weiß. Geringe Auflösung, niedrige Bildrate. Überwachungslook. Die gleichen Szenen wiederholen sich an verschiedenen Orten. Feste Kameraeinstellung, die typische Perspektive von oben.

United Nations Plaza.

Wall Street.

Ground Zero.

Die Ästhetik krisseliger Schwarzweißbilder.

Er bleibt stehen, breitet die Arme aus und dreht sich um die eigene Achse, bis ihm schwindelig wird und alle Schwere aus seinem Körper verschwindet. Es wird eine großartige Zeit in New York.

2.

»Show you're not afraid. Go shopping.«
Rudolph Giuliani,
Bürgermeister von New York,
12. September 2001

Nahaufnahme. Bürgersteig. Braune Herrenlederschuhe, blaue Hosenbeine von hinten. Jemand geht auf eine Tür zu. Das Türblatt - Holz mit Messingbeschlägen - schwenkt nach außen. Vier Treppenstufen, ebenfalls aus Holz, führen nach unten.
Halbtotale. Eine Kneipe. Abgewetzter Parkettboden, Holztische, Bänke. Die Mehrzahl der Besucher ist männlich und trinkt Bier.
Geräuschkulisse: Kneipengemurmel, klirrende Gläser.
Kamera folgt dem Mann.
Der Mann im blauen Anzug, Mitte fünfzig, kurze, graue Haare, nickt dem Barmann kurz zu. Der Barmann nickt zurück.
Der Mann geht auf eine Holztür am Ende der Bar zu und öffnet sie.
Blende.
Halbtotale. Die Geräuschkulisse wird gedämpft.
Ein großes Hinterzimmer, die Stühle sind auf die Tische gestellt, die Wände gelb von altem Zigarettenrauch.
Am Ende des Raums sitzen zwei Männer an einem Ecktisch.
Der Mann im blauen Anzug geht auf die beiden zu und stellt langsam seine Tasche ab. Die beiden anderen stehen auf und grüßen respektvoll.

Die Kamera zoomt auf den Mann im blauen Anzug.
Stimme aus dem Off: »Das ist Ryan Connelly, Abteilungsleiter für nationale Sicherheit im Verteidigungsministerium.«
Die Kamera schwenkt weiter.
Stimme aus dem Off: »Das ist John Laporta, Spezialist für Verhörtechnologien beim CIA.«
Die Kamera schwenkt weiter.
Stimme aus dem Off: »Und das ist Malcolm Sunner, Chef der Sektion New York im Ministerium für Heimatschutz. Studierter Psychologe.«
Stimme aus dem Off: »Die drei kennen sich schon lange. Sie waren gemeinsam in Afghanistan, und im zweiten Golfkrieg gehörten sie zum selben Bataillon, Connelly als Lieutenant Colonel, Laporta und Sunner jeweils als Major. Sie treffen sich regelmäßig, tauschen sich aus, vor allem, wenn sie in ihren neuen Jobs kooperieren können. Heute treffen sie sich, um ein neues Vorhaben zu besprechen. Informell natürlich.«
Nahaufnahme.
Connelly: »Wir haben ein Problem, das von großer Bedeutung für die nationale Sicherheit ist. Sie wissen alle, wovon ich rede. Die Terrorbedrohung bleibt, gleichzeitig ist Guantanamo nicht länger haltbar und unsere dort erzielten Ergebnisse sind ohnehin nicht befriedigend. Viele Irrwege, viele Fehlinformationen. Wir brauchen neue, bessere Verfahren, und zwar bald. Das sieht auch der Präsident so.«
Connelly blickt streng in die Runde und schweigt.
Connelly: »Wir haben sechs Monate. Ich muss Ihnen nicht sagen, dass keiner Ihrer Vorgesetzten und

keiner meiner Vorgesetzten über das, was wir hier besprechen, informiert werden möchte. Um es kurz zu machen: Die Aufgabe dieser Geheimoperation ist die Verbesserung unserer Verhörmethoden. Laporta! (Er wendet sich an den CIA-Mann zu seiner Rechten.) Ihre Abteilung hat da sicherlich schon vorgearbeitet, oder?«

Laporta: »Ja, Sir, natürlich. Wir schlagen die Verlagerung des Verhörzentrums vor. Syrien, Pakistan, da gibt es verschiedene Varianten. Hauptsache, die lokalen Partner können ihre eigenen Methoden der Wahrheitsermittlung anwenden.«

Connelly: »Mhm. Was sind die weiteren Vorteile?«

Laporta: »Die Wege sind kürzer. Keine Zwischenstopps in Polen oder Rumänien. Unauffälliger Rücktransport von etwaigen Unschuldigen. Und die Verbringung von Gefangenen, die bei Verhören sterben, ist einfacher.«

Connelly wartet lange. Er sieht nicht überzeugt aus. Statt zu antworten, wendet er sich an den Mann zu seiner Linken.

Connelly: »Sunner, was haben Sie?«

Sunner: »Nun, Sir, wir haben einen etwas anderen Ansatz entwickelt. Weniger gewaltfixiert, würde ich sagen. Eher psychologisch. Ich bin mir aber nicht hundertprozentig sicher, ob er funktionieren wird.«

Mit dem rechten Arm setzt er zu einer ausschweifenden Bewegung an.

Connelly: »Machen Sie es nicht so spannend, Sunner. Ihre Vorschläge waren bislang immer umsetzbar. Also?«

Sunner: »Ich versuche, es knapp zu halten. Wie gesagt, eine eher psychologische Idee. Sie stammt von einem jungen Architekten aus meinem Team. Ein sehr begabter Mann. Einsatz im Irak und in Afghanistan. War damals in meiner Einheit. Studium in Princeton. Solides Elternhaus. Also, unser Vorschlag sieht vor, dass wir das Paradies simulieren.«

Connelly (hebt eine Augenbraue): »Arbeiten Sie das aus, was auch immer Sie damit meinen. Und berichten Sie beim nächsten Treffen, was genau wir uns darunter vorzustellen haben.«

Die Kamera zoomt langsam aus.

Blende.

Während Mikael und Syana am Tag nach Mikaels Ankunft ihre ersten Fotoexperimente an der Baustelle des neuen World Trade Centers machen, sitzt Tom ein paar Straßen weiter im Vorzimmer des Büroleiters von SOM. Er hat sich um eine Stelle im Bereich Sicherheitsarchitektur beworben. Zweihundert Kandidaten, zehn sind in die zweite Runde gekommen. Gleich beginnt sein Vorstellungsgespräch. Er ist eine halbe Stunde zu früh in das Büro in der Wall Street gekommen. Ein anderer Bewerber wurde gerade erst hineingerufen. Tom versucht, sich auf das Gespräch vorzubereiten.

SOM, Abkürzung für Skidmore, Owings and Merrill. Architektur- und Ingenieurbüro, 1936 von Louis Skidmore (1897-1962) und Nathaniel Owings (1903-1984) in Chicago gegründet. 1939 stieß der dritte Partner hinzu, John O. Merrill (1896-1975). Bereits 1937 hatte die Firma eine Zweigstelle in New York eröffnet.

SOM wurde mit Stahl-Glas-Konstruktionen im International Style berühmt und ist heute eines der größten Architekturbü-

ros der Welt. SOM agiert global und passt sich den politischen und geschmacklichen Vorstellungen der jeweiligen Bauherren flexibel an. SOM ist stilistisch nicht festgelegt, sondern steht für eine narrative Architektur des modernen Eklektizismus, der mit Gebäuden Geschichten über die Bauherren – oder deren Selbstbild – erzählt. Im Moment betreut SOM nicht nur den Bau des One World Trade Centers in New York, sondern auch des neuen Hauptquartiers der NATO in Brüssel. Auch hier benutzt SOM eine sehr direkte architektonische Metapher: Die einzelnen Trakte des Gebäudes sind so angeordnet, dass sie den ineinander verschränkten Fingern zweier Hände ähneln, um so die Vielschichtigkeit der Organisation und die wechselseitige Abhängigkeit ihrer Mitglieder zu versinnbildlichen. Die Fertigstellung des Gebäudekomplexes ist für 2015 geplant.
Im Laufe seines mehr als siebzigjährigen Bestehens errichtete SOM mehrmals das höchste Gebäude der Welt, zum Beispiel 1974 den Sears Tower in Chicago und 2010 das 828 Meter hohe Burj Khalifa in Dubai.

Toms Gedanken schweifen ab. Eltern, Schule, Militärzeit. Das Studium, seine Heimatstadt, Irak, Afghanistan. New York. Schon in der Highschool fasziniert ihn die Idee, mit Architektur den Menschen zu verändern, ja einen neuen Menschen zu schaffen.

An den Wänden des Flurs hängen Darstellungen der letzten Wettbewerbsbeiträge, gerahmt, hinter entspiegeltem Glas. Schlechte Architektur, findet Tom. SOM war noch nie sein Lieblingsbüro. Zu stromlinienförmig, immer am ästhetischen Mainstream orientiert, billige Investorenarchitektur. Aber trotzdem bedeutend. Auch wenn er den Entwurf für Ground Zero nicht spannend findet, bleibt es die derzeit wichtigste Baustelle der Welt. Ökonomisch und politisch, schließlich wird hier der Anspruch Amerikas auf Hegemonie mit den Mitteln der Architektur verteidigt. Und Tom hat sich schon immer für die Architektur der Macht interessiert.

Das Bauhaus, Le Corbusier, Walter Gropius, Frank Lloyd Wright. Alles wichtig, alles gut. Tom hat sich während des Studiums auf andere Themen konzentriert. Ein Semester verbrachte er in Belgien, um die Architektur des Justizpalastes in Brüssel zu untersuchen. Ein leichter Schauer läuft ihm über den Rücken, als er sich an das Gefühl erinnert, das ihn beim ersten Betreten des Baus mit seinen Säulenreihen, den teuren Materialien und der gigantischen Kuppel überkam.

Brüsseler Justizpalast, 1866 bis 1883 vom belgischen Architekten Joseph Poelaert (1817-1879) im Stil des klassischen Eklektizismus erbaut. Das Gebäude steht am früheren Brüsseler Galgenplatz und ist eines der größten Gebäude, die im 19. Jahrhundert errichtet wurden. Getragen wird es von einer innenliegenden Metallkonstruktion, damals eine technologische Innovation. Stabil und unsichtbar. Errichtet wurde der Justizpalast auf Geheiß von König Leopold II., der vor allem als Zerstörer des Kongo berühmt wurde. Unter seiner Regent- und Ausbeuterschaft – zeitweise führte er den Kongo als Privateigentum – starben schätzungsweise zehn Millionen Menschen. Der Justizpalast sprengte mit seiner über hundert Meter hohen Kuppel nicht nur den Maßstab der damaligen Brüsseler Baustruktur, sondern auch den seiner Benutzer. Genau das war die Absicht. Der Palast ist kein demokratisches Gebäude, er dient nicht der Ermächtigung des Volkes – im Gegenteil: Der Bau verkörpert die Auffassung, dass Recht nicht der Umsetzung egalitärer Gerechtigkeit dienen soll, sondern einzig und allein dazu, die Macht der Herrschenden zu stützen. Dies findet nicht nur in Fassaden, Säulenordnungen und dem Ausmaß der Kuppel seinen Ausdruck, sondern durchdringt noch das subtilste Gestaltungselement, das Architekten zur Verfügung steht: die Maßstäblichkeit. Alle Türen, Fenster und Treppenstufen sind um einige Prozent vergrößert. Der Rechtsuchende fühlt sich noch kleiner, als ein Mensch in einem so großen Gebäude es ohnehin schon ist. Nichts ist größer als die vom König eingesetzte Macht der Justiz. Der Brüsseler Justizpalast ist ein absolutistisches Gebäude.

Inzwischen hat Belgien beantragt, den Brüsseler Justizpalast aufgrund der genialen architektonischen Leistung in die Liste der Weltkulturerbestätten der Unesco aufzunehmen.

Tom ist viel durch Europa gereist. Er besichtigte die faschistischen Bauten Mussolinis, die römischen Amphitheater, in denen sich Menschen in Gladiatorenkämpfen zu Tode quälten, das Reichsparteitagsgelände in Nürnberg und weitere Bauten und Entwürfe Albert Speers, die, so Speers Plan, auch als tausendjährige Ruinen nichts von ihrer erdrückenden Präsenz eingebüßt haben würden.

Toms Kommilitonen verstanden sein Interesse für die Architektur der Macht damals nicht. Konnten sie auch nicht, denkt er heute, immerhin hatte keiner von ihnen einen Krieg erlebt. Die meisten hatten wohlhabende Eltern, die alle Gefahren und alles Beschwerliche stets von ihnen fernhielten. Das Studium mussten sie sich nicht selbst verdienen, sondern sie bekamen es geschenkt. Keiner hatte die Gefängnisse in Afghanistan gesehen, in denen die Taliban und andere Widerstandskämpfer festgehalten wurden. Und es hatte auch keiner von ihnen im Irak gekämpft. Diese Welt kannten sie nicht. Und Tom hätte es ihnen auch nicht gewünscht.

Er hatte seine architektonische Sozialisierung nicht in

den Villen von Long Island oder den Einfamilienhäusern der Suburbs erfahren. Er hatte die Verließe und Paläste von Saddam Hussein gesehen, kitschige, pompöse Architektur, die die Günstlinge des Diktators beeindruckte und zugleich einschüchterte. Und er kannte die Lager, die die Amerikaner und ihre Alliierten für die Gefangenen im Irak, in Afghanistan und an anderen Orten in der ganzen Welt eingerichtet hatten.

Manche Soldaten haben sich nach dem Krieg sozialen Fragen gewidmet. Aufbauhilfe, Entwicklungshilfe. Aber Tom will von der Architektur etwas anderes. Architektur ist für Tom etwas Heiliges. Die Mutter aller Künste. Aber auch eine verführerische Kunst. Eine Kunst, die etwas wie Washington hervorzubringen vermag, das räumliche Abbild der amerikanischen Gesellschaftsordnung, in der sich das demokratische Raster mit absolutistischem Strahlen vereint. Und Manhattan, das gebaute Manifest des Erfindungsreichtums und der wirtschaftlichen Aktivität, ausgeführt in Stahl, Glas und Beton. Die mutige Konstruktion der Brooklyn Bridge, das Empire State Building, die kristallinen Türme Mies van der Rohes und das fast barock geschmückte Chrysler Building aus der Zeit des Art déco. Sinnbilder des amerikanischen Strebens nach Freiheit und Wohlstand. Er liebt diese Stadt und ihre Architektur.

Er schaut aus dem Fenster und betrachtet die gegenüberliegende Fassade. Neoklassizismus des 19. Jahrhunderts. So versuchte man damals, dem jungen Kapitalismus die Legitimität des alten Europa zu verleihen.

Sein Blick schweift zurück zu den Entwürfen von SOM, die an den Wänden hängen. Von den fünfziger bis in die siebziger Jahre hatte SOM sich der Moderne verschrieben. Eine universale Architektur, die überall ihre Gültigkeit hat. Stahl und Glas, klare, kubische Formen. Keine Spielereien, sondern Strenge. Nicht dekorativ, sondern asketisch. Aber diese Zeit der universalen Ideen ist endgültig vorbei. Heute zählen Macht und Gewalt. Und deshalb sucht SOM nach einer neuen Architektursprache.

Tom schaut auf die Uhr. Noch zehn Minuten.

Revolutionsarchitektur. Im Vorfeld der Französischen Revolution entstandene utopische Architektur, die sich durch die Monumentalisierung autonomer Formen auszeichnete. Kugel, Würfel, Zylinder. Jenseits des Anspruchs, tatsächlich realisiert zu werden, sollte diese Architektur Geschichten erzählen, weshalb sie auch als *architecture parlante* bezeichnet wurde. Bedeutendste Vertreter: Étienne-Louis Boullée (1728-1799) und Claude-Nicolas Ledoux (1736-1806). Die Revolutionsarchitektur wird in enge Verbindung mit den gesellschaftspolitischen Idealen der Aufklärung gebracht. Die Bezeichnung als Revolutionsarchitektur setzt sich aber erst Anfang des 20. Jahrhunderts durch, als der Kunst- und Architekturtheoretiker Emil Kaufmann diese Form der Architektur aufgrund ihrer autonomen Formensprache zum Wegbereiter der Moderne erklärt.

»Kommen Sie rein, Sie sind jetzt dran.«

Die Direktionsassistentin lächelt Tom an und führt ihn durch mehrere Glastüren zum Besprechungsraum. Tom ist nicht besonders nervös, er hat sehr gute Referenzen. Aus der Zeit beim Militär kennt er einige einflussreiche Leute, und die sind schließlich auch an der Sicherheit des neuen World Trade Centers interessiert.

Im Besprechungsraum wartet eine Gruppe von vier Männern und zwei Frauen, sie sitzen an der Breitseite des langen Tisches. Tom setzt sich auf den freien Stuhl, genau gegenüber der Frau in der Mitte.

Er ist der letzte Kandidat. Das Bauunternehmen hat die Vorauswahl durchgeführt. Alle anderen Kandidaten waren Bauingenieure, alles ehemalige Soldaten. Doch aus der Sicht von SOM war bislang keiner geeignet. Zu wenig Verständnis für Architektur. Der Baufirma ist das egal, nicht aber den Architekten.

Die Personalchefin stellt die Runde vor und erläutert die einzelnen Funktionen der Anwesenden. Tom lächelt, er weiß, dass er einen guten ersten Eindruck macht. 1,90 Meter groß, dunkelblond, sportliche Figur. Die Personalchefin beginnt das Gespräch mit Fragen zu seinem Lebenslauf. Kapitän der Football-Mannschaft in der Highschool, College, dann die lange Militärzeit und das Studium. Schließlich kommt das Gespräch auf die für die Bewerbung relevanten Fragen, einer der am Rand sitzenden Männer beginnt eine Art Kreuzverhör. »Haben Sie schon mal im Bereich Sicherheit gearbeitet?«

»Das neue World Trade Center soll das sicherste Gebäude der Welt werden. Was können Sie dazu beitragen?«, kommt es vom anderen Ende des Tisches.

Tom wartet einen Augenblick. »Ich habe einige praktische Erfahrungen in Sachen Sicherheit gesammelt. Ich war als Soldat im Irak und in Afghanistan, und da war ich für die Sicherung von Gebäuden zuständig. Ich habe zwar noch nie selbst entsprechende Anlagen entworfen, aber eines habe ich gelernt: Ein Gebäude muss nicht nur sicher sein, sondern auch Sicherheit ausstrahlen. Das tut das neue World Trade Center mit seiner imposanten Form. Aber diese architektonische Botschaft muss sich bis in die Details hinein fortsetzen. Da kann ich mich als Architekt einbringen.«

»Wie meinen Sie das, das Gebäude strahlt Sicherheit aus?« Diesmal fragt der Mann, der seinen Platz direkt neben der Personalchefin hat. Sie hatte ihn als Bauleiter vorgestellt.

»Na ja, das Gebäude ist halt kein transparenter Glaskörper wie das Lever House, der Chase Manhattan Tower oder andere bisherige Bauten von SOM. Es verkörpert eher einen neuen Historismus. Es erinnert mich ein bisschen an die französische Revolutionsarchitektur. Es strahlt Kraft aus, und damit auch Sicherheit.«

»Was halten Sie denn so von SOM?«, will nun die zweite Frau in der Runde wissen. Sie ist die für die Kellergeschosse zuständige Projektarchitektin.

»Also, wenn ich ehrlich bin…« Mit direkter Ansprache hat er bislang die besten Erfahrungen gemacht. Die militärische Schule eben. »Ich bin kein großer Fan von SOM. Aber das One World Trade Center ist das wichtigste Gebäude, das in der Welt gebaut wird. Und da will ich unbedingt dabei sein.«

»Sie sind einer der wenigen Architekten, die sich auf diese Stelle beworben haben«, hakt die Projektarchitektin nach. »Die anderen Bewerber waren Ingenieure. Die können alles rund um die Technik. Trauen Sie sich das auch zu? Sie werden sich um die Serverräume im Keller kümmern müssen.«

Tom überlegt, wie er die Frage am besten beantworten soll. Technisch kann er es mit Bauingenieuren und echten Sicherheitsexperten nicht aufnehmen. »Ich könnte als Schnittstelle zwischen den Architekten und den Ingenieuren fungieren. Ich kenne die Denkweise beider Seiten.«

Die Runde schweigt, die Personalchefin blickt auf die Uhr. »Hat jemand noch Fragen an den Kandidaten?«

Alle schütteln den Kopf.

»Haben Sie noch irgendwelche Fragen?«, wendet sie sich an Tom.

»Ja, wann bekomme ich Bescheid?«

Die Personalchefin lächelt ihn an und kuckt in die Runde. »Ich glaube, Sie müssen auf die Entscheidung nicht lange warten.« Alle nicken.

»Sie haben den Job.«

Euphorisiert verlässt Tom das Büro von SOM. Die Direktionsassistentin hat ihm noch ein Paket mit Unterlagen mitgegeben, die er ausfüllen und an sie zurückschicken soll.

Noch im Treppenhaus ruft er seine Freundin Jennifer an, kann sie aber nicht erreichen. Am Vorabend haben sie sich gestritten. Ausgerechnet über Ground Zero. Nun will er sich mit ihr versöhnen und seinen Erfolg feiern. Tom reserviert einen Tisch für zwei, das Restaurant ist eine Empfehlung aus der *New York Times*, wahrscheinlich viel zu teuer. Aber es ist ja ein besonderer Anlass.

Er versucht es noch mal bei Jennifer, aber ihm fällt ein, dass sie in der Bibliothek das Telefon immer abschaltet. Er hinterlässt die Einladung zum Essen auf ihrer Mailbox. Einen Grund nennt er nicht, nur den Namen des Restaurants. Es soll eine Überraschung werden.

Aufgeregt läuft Tom weiter zur Baustelle des One World Trade Centers, sucht einen Standpunkt, von dem aus er das Treiben überblicken kann, die Lastwagen, die mit Materialien ein- und ausfahren, die Kräne, die Stahl in die Höhe hieven, die Arbeiter, die die einzelnen Abschnitte betreuen. Sein Blick bleibt an den fotorealistischen Darstellungen des neuen Hochhauses hängen, die auf dem Bauzaun angebracht sind.

Tom und Jennifer sind seit einem Jahr zusammen. Tom hat sich in sie verliebt, weil sie klug und schön ist. Blond, groß und zierlich, mit blassgrünen Augen – einfach perfekt.

Kennengelernt haben sie sich während einer Alumni-Tagung in Princeton, es ging um die Beziehung von Kunst und Architektur. Ein anderer Ehemaliger hatte sie zu der Veranstaltung mitgebracht, schnell kamen sie ins Gespräch und verabredeten sich für den nächsten Tag zum Essen.

Sie wurden nicht sehr persönlich, es war eher ein intellektueller Austausch. Und so blieb es auch bei den folgenden Treffen. Aber das passte Tom ganz gut, er wollte ohnehin nicht über seine Erlebnisse in Afghanistan und im Irak reden. Irgendwann hat sie sich in ihn verliebt, nicht schlagartig, sondern ganz langsam und vorsichtig. Sie passen eigentlich nicht zusammen, haben unterschiedliche politische Vorstellungen und getrennte Freundeskreise. Dass sie sich in ihn verliebt hat, erscheint Tom immer noch als ein Wunder.

Bisher war Jennifer eher mit extrovertierten Künstlern zusammen, denen die Beziehung mit ihr Halt gab. Dass sich hinter ihrer kommunikativen Fassade ein verunsichertes Wesen versteckt, wissen nur ihre engsten Freunde, meistens nutzt sie ihre Intelligenz als Schutzschild. Bei Tom aber fühlt sie sich geborgen. Auf eine unheimliche Weise strahlt er Sicherheit aus.

Ihre beste Freundin unterstellt ihr, sie sähe in Tom nicht den Freund, sondern einen Ersatz für den verlorenen Vater. Vielleicht hat die Freundin recht. Aber Jennifer hängt an Tom, obwohl sie vieles an ihm ablehnt. Eine Beziehung auf Augenhöhe ist es auf jeden Fall nicht.

Gerade hat er versucht, sie anzurufen, aber sie hat keine Lust, mit ihm zu sprechen. Gestern haben sie sich gestritten, wieder über Politik, wieder über Amerika. Besser gesagt: Jennifer hat sich gestritten, Tom ist wie immer ruhig geblieben, was Jennifer bloß noch mehr aufregt hat. Am Ende war sie so wütend, dass sie die Tür zugeknallt und zu Hause übernachtet hat. Nun lädt Tom sie zum Abendessen ein. Jennifer lächelt. Wahrscheinlich will er sich versöhnen.

Das Restaurant befindet sich in der Lower East Side, versteckt in einem kleinen Hinterhof. Tom wartet bereits seit einigen

Minuten, als Jennifer den Hof betritt. Sie begrüßt ihn mit einem verhaltenen Lächeln und einem flüchtigen Kuss. Keine Umarmung. Das Restaurant hat er wegen der französischen Küche ausgewählt, ein kleiner Gruß an Jennifers europäische Heimat. Jennifer ist irritiert, sie hat etwas weniger Extravagantes erwartet.

»Findest du das hier nicht etwas übertrieben?«

»Immerhin gibt es etwas zu feiern. Und lass uns den Streit einfach vergessen, ja?«

Es gibt zwei Menüs, eins mit und eins ohne Fleisch. Jennifer entscheidet sich für die vegetarische Variante, Tom für die mit Fleisch.

»Jetzt spann mich doch nicht so auf die Folter. Was ist denn das für eine geheimnisvolle Neuigkeit?«

Der Kellner bringt den Wein, Tom probiert mit gespielter Kennermiene. Von der Bewerbung hatte er ihr nichts erzählt. Er steht nicht gerne als Verlierer da, und er wusste ja nicht, ob er den Job bekommen würde.

»Ich hatte heute ein Vorstellungsgespräch. Und ich habe den Job!«

»Wow. Herzlichen Glückwunsch!« Die beiden stoßen an. »Auf deinen neuen Job, Mr. Architect. In welchem Büro?«

Jetzt wird es schwierig. Tom will sich nicht schon wieder mit ihr streiten, zumal er in Diskussionen eh immer den Kürzeren zieht. Noch so ein Grund, warum er ihr nichts von dem Vorstellungsgespräch erzählt hat. Aber jetzt kann er es nicht mehr verheimlichen. Außerdem ist er stolz.

»Willst du raten?«

»Na gut, also … Du hast einen Job bei … Keine Ahnung. Du musst mir einen Tipp geben.« Sie geht im Kopf die aktuellen Bauprojekte in New York durch. Plötzlich ist es ihr klar. Deshalb hat er ihr also nichts davon erzählt! Jennifer beißt sich auf die Lippe, damit sie nicht gleich in die Luft geht.

2004 wird ein Konzept für eine Gedenkstätte auf Ground Zero ausgewählt. Neben dem eigentlichen 9/11-Memorial sieht es ein weiteres Museum vor, das International Freedom Center. Es soll sich für die Freiheit aller Völker der Erde einsetzen und Verbrechen gegen die Menschlichkeit dokumentieren, unter anderem den Genozid an den amerikanischen Ureinwohnern sowie die Sklaverei in den USA. Nach einer Vielzahl von Protesten, vor allem von Angehörigen der 9/11-Opfer, stoppt George Pataki, der Gouverneur von New York, 2005 die Pläne. Das neue Gedenkkonzept wird den Anforderungen der Kritiker eher gerecht: Kein Raum für kontroverse Debatten, kein Dialog, keine Kunst und keine historischen Ausstellungen ohne direkten Bezug zu 9/11.

Jennifers Gesichtsausdruck verfinstert sich. Sie hat das ursprüngliche Museumskonzept befürwortet, eine selbstkritische Perspektive und den Blick über den historischen Tellerrand fand sie mehr als angemessen. Tom dagegen ist Anhänger des neuen Konzepts, das sich allein auf Ground Zero beschränkt. Ihr ist das neue Museum zu nationalistisch, Tom nennt es patriotisch.

»Okay, ich gebe dir einen Tipp. Du wirst meinen neuen Job nicht besonders mögen.«

»Kann ich mir denken. Wie heißt noch mal der junge Architekt, der den Wettbewerb für das 9/11-Museum gewonnen hat?«

»Michael Arad. Nein, bei dem werde ich nicht arbeiten. Aber die Richtung stimmt schon mal.«

»Also irgendetwas mit Ground Zero?«

»Ja. SOM. 1 WTC.«

»Was?« Am Nachbartisch drehen sich die Leute nach Jennifer um. »Und was genau soll da dein Job sein? Das Gebäude wird doch schon gebaut?«

»Es geht um den Serverraum im Keller. Irgendwas mit der Steuerung des Gebäudes, Heizung, Kühlung, Sicherheitsanlagen. Irgendwo an der Schnittstelle zwischen Ingenieuren und Architekten. Und jetzt reg dich bitte nicht so auf, das ist ein geiler Job.«

»Geiler Job? Schnittstelle? Du gehst jetzt in die Sicherheitsbranche? Soll ich dich mal an deine hochtrabenden historischen Ausführungen erinnern?«

»Wart's halt mal ab. Das neue World Trade Center wird eines der wichtigsten Gebäude der Welt. Für mich ist das die Revolutionsarchitektur der Gegenwart.«

»Also, wenn das die Revolutionsarchitektur der Gegenwart sein soll, was ist daran dann die Revolution? Wofür steht denn das blöde Ding? Für die Macht der Ökonomie, und für sonst nichts. Architekturpornos für die Weltherrschaft des Kapitals. Tom, wir erleben gerade das Gegenteil von Revolution. Stillstand. Rückschritt. Ende der Freiheit. Das ist keine Revolutionsarchitektur. Das ist einfach alles – Scheiße!«

Jennifer wird laut. Sie ist enttäuscht. Von Tom, aber noch viel mehr von sich selbst. Das Paar am Nebentisch beginnt zu tuscheln.

»Du immer mit deinen politischen Ansprüchen. Architekten sind nicht politisch. Sie machen einfach gute Räume, gute Fassaden. Gute Architekten spüren, wenn die Zeiten sich ändern, und dann finden sie dafür eine entsprechende Form.« Tom atmet durch, lehnt sich in den Stuhl zurück. Der Kellner bringt die Vorspeise.

Jennifer hat jetzt genug. »Danke für die Einladung. Ich gehe nach Hause.« Sie steht auf und geht in aller Ruhe zur Garderobe. Nachdem sie ihren Mantel angezogen hat, wirft sie Tom noch einen Blick zu und verlässt das Restaurant.

Die New York Public Library an der 5th Avenue ist die zweitgrößte Bibliothek der USA und eines der letzten erhaltenen Beaux-Arts-Gebäude in New York. Die Bibliothek, so schrieb die *New York Times* anlässlich der Eröffnung 1911, repräsentiere das Verlangen der USA, im kulturellen Wettbewerb mit Europa bestehen zu können. Heute ist sie ein Ort des Austauschs, der allen offen steht.

Mikael betritt die Bibliothek durch den Haupteingang. Er durchquert die Eingangshalle und nimmt eine der pompösen Treppen, die zum höher gelegenen Lesesaal führen. Durch den Katalograum geht Mikael weiter zum Hauptlesesaal. Hunderte Menschen sitzen mit ihren Büchern an den Tischen, einige sind eingeschlafen. In der Mitte, gleich dem Lettner einer gotischen Kathedrale, die Buchausgabe.

Große Kronleuchter lenken die Aufmerksamkeit zu den Gemälden an der Decke. Himmelslandschaft mit dunklen Wolken, die aufbrechen und den Blick ins Licht freigeben. Fast wie in einer barocken Kirche, nur dass der hier dargestellte Himmel nicht Gott, sondern die Aufklärung repräsentiert. Hier wohnen keine Engel, hier regieren Licht und Schatten, Wissen und Unwissen.

Durch breite Türen hindurch geht es zum zweiten Lesesaal. Auch hier sind die Decken aufwendig bemalt, auch hier keine Engel, keine Heiligen, kein Gott. Aber diesmal ist der Himmel nicht dunkel und bedrohlich, sondern licht und leicht, die aufgehende Morgensonne taucht die Wolkengebilde in zartes Rosa.

Mikael holt die bestellten Texte – Material zu 9/11 – an der Buchausgabe ab und setzt sich damit an einen der Lesetische.

Als er nach einer Weile von seiner Lektüre aufblickt, sitzt ihm eine blonde Frau gegenüber. Anfang, vielleicht Mitte dreißig, auffallend ebenmäßiges Gesicht und grüne Augen.

Sie trägt eine weiße Bluse und einen knielangen schwarzen Rock. Strenger Gesichtsausdruck, schmale Nase, elegante Wangenknochen. Vor ihr liegt ein Stapel Bücher, französische Kunst der siebziger und achtziger Jahre. Darunter einiges über Sophie Calle.

Jennifer ist fast jeden Tag in der Bibliothek und arbeitet an ihrem PhD. Sie liest, macht Notizen, sucht neue Quellen und Referenzen. Zwischendurch beobachtet sie die Besucher. Denkt sich in das Leben der anderen hinein, versucht, sich anhand ihrer Bücher die fremden Gedanken, Gefühle, Lebenswelten vorzustellen. Ihr eigenes Leben würde sie im Moment am liebsten vergessen. Die beiden letzten Abende haben sie einfach nur verwirrt. Toms zahlreiche SMS hat sie nicht beantwortet.

Auf dem Weg von der Bücherausgabe bleibt ihr Blick an einem jungen Mann hängen, vielleicht, weil er so aussieht wie das Gegenteil von Tom. Eher schlaksig und alles andere als selbstsicher. Er strahlt etwas Suchendes aus. Gerade wird an seinem Tisch ein Platz frei, leise setzt sie sich zu ihm.

Sie studiert seinen konzentrierten Gesichtsausdruck und seine unordentlichen Haare. Wer? Warum? Woher? Kein Amerikaner. Auch kein Wissenschaftler, dafür blättert er zu unstrukturiert in den Büchern. Ernsthaft interessiert, aber chaotisch. Irgendwie sympathisch. Er hat sich Bücher über 9/11 ausgeliehen.

Der Mann schaut in ihre Richtung, wendet den Blick dann zur Decke. Er ist unruhig, traut sich nicht, sie offen anzusehen. Sie lächelt in sich hinein. Sie ist es gewohnt, dass Männer ihr nachkucken. Manchmal stört sie das, jetzt genießt sie es.

Europäer wahrscheinlich. Kein Südeuropäer, kein Franzose. Zu schlecht gekleidet. Holländer. Vielleicht auch Pole. Oder Deutscher.

Wahrscheinlich Kunsthistorikerin. Auf die Texte über 9/11 kann er sich nicht mehr konzentrieren. Er versucht, sich unauffällig zu verhalten, starrt aber immer wieder in ihre Richtung. Ihre Lippen sind voll, nur wenn sie angestrengt liest, werden sie dünn.

Vielleicht Künstler. Oder doch Kunsthistoriker? Jennifer merkt selbst, dass sie anfängt, etwas auf ihn zu projizieren. Wie bei Tom. Nicht schon wieder. Der Mann ist in seine Texte vertieft. Sie packt ihre Sachen zusammen und rutscht so leise und unauffällig von ihrem Stuhl, wie sie gekommen ist.

Als Mikael das nächste Mal aufschaut, ist die Frau verschwunden. Immer dasselbe.

Am Abend erhält Tom eine SMS von Jennifer. »Es ist aus.« Mehr nicht. Kurz und trocken.

Die Nacht verbringt er am Computer. Schaut sich alte Fotos an. Liest die Mails, die sie sich geschrieben haben. Er hält es nicht mehr aus. Raus auf die Straße, es ist die Zeit der Unsichtbaren, die im Hintergrund die Dinge am Laufen halten und sich jetzt, solange die anderen noch schlafen, schon auf den Weg zur Arbeit machen. Putzfrauen, Tellerwäscher, Lastwagenfahrer. Tom kehrt erst in seine Wohnung zurück, als der Morgen anbricht. Die aufgehende Sonne wirft ein grelles Orange an den Himmel. Verstreute Partygänger kommen nach Hause, die ersten Jogger ziehen ihre Runden.

Zum Mittagessen ist Tom verabredet. Sunner, sein alter Vorgesetzter, hat vor ein paar Tagen bei ihm angerufen und ein Treffen vorgeschlagen. Er meldet sich nur selten, am liebsten würde Tom die Verabredung absagen. Aber Sunner hatte bei dem Veteranenstipendium seine Hände im Spiel und auch ein Referenzschreiben für die neue Stelle besorgt.

Wie immer treffen sie sich in einem Pub in Manhattan. Tom hat Kopfschmerzen. Er zögert, öffnet dann aber doch die Tür. Holz mit Messingbeschlag. Sunner sitzt wie üblich an dem Tisch in der Ecke. Als er Tom sieht, grinst er ihn an. Er reicht ihm die Hand und klopft ihm kräftig auf den Rücken.

»Was ist los, du siehst nicht gut aus.«

»Ärger mit meiner Freundin. Mit meiner Exfreundin. Sie hat Schluss gemacht.«

»Das tut mir leid. Bier?«

»Ja, gerne. Wenigstens hat das mit SOM geklappt, ich bin jetzt Architekt am World Trade Center.«

»Gut.« Sunner macht eine Pause. »Gut. Aber ich wollte dich wegen was anderem treffen. Ich brauche deine Hilfe. Damals, als wir im Irak waren, da hattest du mal so eine Idee …«

Scheiße. Tom weiß sofort, worauf Sunner anspielt. Eine alte Geschichte aus dem Krieg. In Toms Einheit waren Informationen das Ein und Alles. Wer, wo, was. Es gab viele Wege der Informationsbeschaffung, und auch wenn Tom nicht direkt daran beteiligt war, wusste er doch genug über die Methoden, die dabei zur Anwendung kamen. Schließlich wurde jede Aussage in den Lagebesprechungen auch danach eingeordnet, unter welchen Bedingungen sie gewonnen wurde.

Die Idee, auf die Sunner anspielte, kam Tom während einer Schulung über Terroranschläge. Der Referent berichtete, dass islamische Selbstmordattentäter davon ausgingen, ins Paradies zu kommen, wo ihnen unter anderem willige Jungfrauen zur Verfügung stünden. Tom hat noch immer das schmutzige Lachen der anderen Soldaten im Ohr, als der Kursleiter ihnen empfahl, deshalb besonders auf lüstern blickende Passanten zu achten.

Und so kam Tom auf die Idee, die Folterkammern der Gefängnisse in künstliche Paradiese zu verwandeln. Ein bisschen foltern, ein bisschen Schlaftabletten, dann ein paar heiße Frauen, und schon würden die Terroristen denken, sie seien am Ziel ihrer Reise angelangt. Vielleicht würden sie dann den anderen von ihren irdischen Heldentaten berichten.

Zum Zeitvertreib hatte Tom damals angefangen, Entwürfe für das Paradies zu zeichnen. Zitate islamischer Architektur, Möbel, Landschaftsskizzen. Und dazwischen ein paar nackte Frauen. Ein Spaß für die Kameraden.

»Was wollen Sie denn damit, Sir?«

»Wir machen das, Tom. Erst mal als Test, in Polen.« Sunner nimmt einen Schluck Bier. »Zeichnest du die Pläne?«

Tom schaut ihn erschrocken an. »Sir, Sie wollen das wirklich realisieren? Das geht doch gar nicht. Das war doch immer ein ... Außerdem bin ich doch jetzt bei SOM, da hab ich dafür gar keine Zeit.«

»Ich weiß, das sollte damals ein Scherz sein. Ausdruck deiner Verzweiflung und deiner Wut über die Folter. Aber diese Idee, Tom, diese Idee ist einfach genial! Und nun setzen wir sie um. Endlich.« Er legt Tom die Hand auf die Schulter. »Um den Job bei SOM musst du dir keine Gedanken machen. Du kannst die Pläne im Büro zeichnen. Darum kümmern wir uns.«

»Okay, Sir. Wenn Sie das sagen ...«

Tom ist verwirrt. Das ist ihm alles zu viel. Ein neuer Job, die Trennung von Jennifer und jetzt auch noch Sunner mit so einem Projekt.

»Gut. Ich wusste, dass ich auf dich zählen kann.«

Mikael ist auf dem Weg zu einer Ausstellungseröffnung in Chelsea. Eigentlich ist es keine Eröffnung, sondern eine eintägige Ausstellung. »Just Art« ist der Titel der Wohltätigkeitsveranstaltung. Der Erlös aus dem Verkauf der Kunstwerke kommt der Civil Liberties Union zugute.

Mikael hofft, dort Gleichgesinnte zu treffen, schließlich bereitet die Civil Liberties Union eine Klage gegen den Staat New York vor, mit der sie die Installation neuer Überwachungskameras verhindern oder zumindest eine öffentliche Debatte entfachen will.

Ursprünglich wollte er mit Syana hingehen, aber die hat keine Zeit. Sie will an ihrem Projekt arbeiten und ist nach Detroit geflogen, um sich mit einigen Programmierern zusammenzusetzen. Wie lange sie weg sein wird, ist noch unklar. Also geht er alleine.

Auch Tom macht sich auf dem Weg in die Galerie nach Chelsea. Jennifer hat ihm die Adresse geschickt. Ohne Kommentar. Warum er dort hinkommen soll, weiß er nicht. Eigentlich hasst Tom es, mit Jennifer Ausstellungseröffnungen zu besuchen. Einen ganzen Abend Smalltalk mit ihren Freundinnen und Verehrern, die hintenrum doch nur den Kopf über ihn schütteln. Vielleicht ist sie unsicher und will der Beziehung noch mal eine Chance geben? Aussprache und Versöhnung? Einen Versuch ist es wert.

Die Ausstellung findet im Twelve21 Art Space statt, einem der vielen neuen Kunsträume, die in den letzten Jahren in Chelsea entstanden sind. Vor dem Eingang hat sich bereits eine Menschentraube gebildet. Ausgestellt sind achtzehn Künstlerinnen und Künstler, manche bekannt, andere eher unbekannt, die in ihren Arbeiten dieselben Themen verhandeln wie die Civil Liberties Union: Zensur, Überwachung, Meinungsfreiheit, aber auch Migration und Rassismus. An den Wänden Gemälde, Zeichnungen, Videoarbeiten. Über Lautsprecher wird die Eröffnungsrede in alle Winkel des

Raums übertragen. Die Exponate werden in einer Silent Auction versteigert. Arbeit um Arbeit wird aufgerufen, die Bieter schreiben ihre Gebote auf einen Zettel und geben diesen ab. Jeder muss sich unabhängig vom Verhalten der anderen überlegen, wie viel er für die Arbeit ausgeben möchte. Das höchste Gebot gewinnt.

Mikael kämpft sich ins Zentrum des Ausstellungsraums vor. Wegen der vielen Besucher kann er nur Bruchstücke der Rede verstehen, Satzfetzen über »die Kraft der Kunst«, »Glamour« und »soziale Verantwortung«. Ihn interessieren weniger die Arbeiten als die Stimmung im Raum, die leisen Gespräche und lauten Gerüchte. Manche Bieter sind eher zurückhaltend, andere wiederum fast prahlerisch, wedeln mit den Gebotszetteln: Die Gewinner präsentieren sich als großzügige Spender, die Veranstalter sind stolz auf jede eingeworbene Summe, auch wenn manche Arbeiten unter Wert weggehen. Die Künstler verabschieden sich von ihren Werken und führen höfliche Gespräche mit Interessenten.

Nach einer halben Stunde hat er alles gesehen. Die ausgestellten Künstler arbeiten ähnlich wie die Berliner Kollegen. Eine Zeichnung mit Folterszenen hat ihn besonders beeindruckt. Das nächste Mal will er hier auch mit dabei sein, natürlich mit dem Projekt, an dem er gerade arbeitet.

Mikael ist schon auf dem Weg zum Ausgang, als er am anderen Ende des Raums eine schwarzgekleidete Frau entdeckt. Kurzer Rock, schulterfreies T-Shirt, Schuhe mit hohen Absätzen. Die Frau aus der Bibliothek.

Jennifer ist schlecht gelaunt. Seit sechs Stunden ist sie im Twelve21. Sie hat beim Aufbau geholfen, aufgeregte Künstler beruhigt, Journalisten beim Presserundgang umgarnt. Jetzt ist sie müde. Sie hat mit allen Leuten gesprochen, mit denen sie sprechen wollte. Oder musste. Sie würde jetzt gerne nach

Hause gehen, wartet aber noch auf Tom. Auch wenn sie das niemals zugeben würde: Mit der SMS hatte sie ihm eine letzte Chance geben wollen.

Die spannenden Arbeiten sind schon versteigert, ihr Favorit allerdings noch nicht, eine Zeichnung zu Abu Ghuraib. In Gedanken ist sie ohnehin woanders. Nicht bei der Kunst, und auch nicht bei Tom. Sondern bei dem Mann aus der Bibliothek. Plötzlich taucht ein Gesicht vor ihr auf.

Er lächelt sie an, sie lächelt zurück. »Bibliothek?«

Er nickt.

Verlegenes Schweigen.

»Interessant hier, oder?«

»Na ja, geht so.«

»Ich bin Mikael.«

»Jennifer.«

»Und wie kommst du hierher? Bist du Künstlerin?«

»Künstlerin? Nein, ich bin Kunsthistorikerin. Ich arbeite hier, als Freiwillige.«

»Deshalb die Bücher über französische Kunst.«

»Ah, mein Bücherstapel.« Sie lacht. »Ich schreibe gerade meine Doktorarbeit über Sophie Calle.«

»Die Detektivsachen sind gut. Wie heißen die noch mal?«

»›The Shadow‹? Bist du auch Kunsthistoriker? Siehst gar nicht so aus.« Jennifer grinst.

»Wie sehen die denn aus? Cordhose und hellblaues Hemd? Nein, ich bin selbst Künstler.«

»Deshalb die 9/11-Bücher?«

»Ich interessiere mich für Überwachung.«

Die beiden gehen durch die Ausstellung, Jennifer grüßt im Vorbeigehen Leute, die ebenfalls durch den Raum streifen.

An der Bar holen sie sich ein Glas Wein. Die Arena ist eröffnet, Begriffe fliegen durch den Raum: Foucault, Deleuze, Bloomberg, 9/11, Kameras, der Leviathan.

Tom betritt den Ausstellungsraum und fühlt sich gleich nicht wohl. Vor zwei Stunden hat er mit Sunner über ein neues Verhörzentrum gesprochen, nun ist er in einer Kunstausstellung, die die Welt verbessern will. Sozialkitsch, denkt er. Er sucht Jennifer in der Menge – und entdeckt sie im angeregten Gespräch. Typ Künstler, Tom kennt ihn nicht. Vielleicht passt der ja besser zu ihr.

Die Menschen schwirren umher, eine Gruppe Interessierter hat sich um den Auktionator versammelt. Alle haben Weingläser in der Hand. Ein großer Weinimporteur sponsert die Ausstellung. Der Auktionator preist die Zeichnung an, die als Nächste versteigert werden soll. Er stellt den Künstler vor und nimmt die ersten Gebote entgegen. Die Zeichnung zeigt in zarten Bleistiftstrichen eine Szene aus Abu Ghuraib. Lynndie England, eine Hundeleine, ein gefesselter Iraker. Gefangene mit Papptüten über dem Kopf. Die Umstehenden reden über das Foto, Tom erinnert sich an das Gefängnis. Er kennt es nur zu gut. Wegen genau solcher Folterskandale hat Sunner ihn kontaktiert.

Stolz verkündet der Auktionator das höchste Gebot für die Zeichnung. 3250 Dollar. Die Besucher klatschen. Der Künstler gratuliert etwas linkisch dem neuen Besitzer. Tom wendet sich ab. Diese ganzen Leute wissen doch eh nicht, was da wirklich passiert ist.

Er schaut wieder zu Jennifer. Sie ist immer noch ins Gespräch vertieft. Wahrscheinlich reden die beiden jetzt über die Folterszenen. Unzählige Male hat er sich mit ihr über politische Kunst gestritten. Jennifer hält sie für wichtig, Tom für wirkungslos und oft genug für überteuert. Wenn die Zeichnung billiger gewesen wäre, hätte er sie gekauft und zerrissen. Am liebsten vor Jennifers Augen. Er geht zurück Richtung Tür.

Jennifer starrt zum Eingang.

»Was ist?«, fragt Mikael.

»Da ist Tom. Mein Freund … Mein Exfreund. Ich hab mich erst vor kurzem von ihm getrennt. Muss jetzt wohl mal Hallo sagen. Aber wenn du bei deinen Recherchen zu 9/11 Hilfe brauchst, können wir uns gerne treffen. Hast du was zum Schreiben?«

Mikael holt sein Skizzenheft heraus, Jennifer schreibt ihre Nummer auf. Er reißt eine Seite aus dem Heft und gibt ihr seine. Sie lächelt kurz und steckt den Zettel in die Jackentasche. Dann dreht sie sich um und verschwindet in der Menge.

Mikael blickt Jennifer nach. Ihren Exfreund will er nicht kennenlernen. Er dreht noch eine Runde durch die Ausstellung, um den beiden nicht an der Tür zu begegnen, dann verlässt er die Galerie. Er will zu Fuß nach Hause gehen, ungestört nachdenken, Unruhe in Bewegung umsetzen. An einer Ampel bleibt er stehen, zieht den Zettel mit Jennifers Telefonnummer aus der Jacke. Lächelnd betrachtet er die schmalen Ziffern, die sie aufs Papier gemalt hat.

Jennifer bahnt sich ihren Weg zum Ausgang. Tom sieht sie auf sich zukommen. Dass es ihm hier nicht gefällt, ist offensichtlich. Dass sie sich nicht freut, ihn zu sehen, auch.

Sie schauen sich an. Schweigen. Es hat keinen Sinn mehr, sagt sich Tom, und Jennifer denkt das Gleiche.

»Schöne Ausstellung«, meint Tom.

»Hast du sie dir überhaupt angekuckt?«

»Ein bisschen.«

»Dann bist du ja schon eine Weile da. Warum hast du mir nicht Hallo gesagt?«

»Ich hab dich gar nicht gesehen.«

»Aber die Arbeiten, die hast du dir angeschaut?«

»Ich wollte euch nicht stören.« Tom nickt Richtung Mikael, der gerade die Galerie verlässt.

»Ach so. Das war Mikael, ein Bekannter. Egal. Welche Arbeit gefällt dir am besten?«

»Am besten? Puh ... Und dir?«

»Ach, da gibt's einige.« Die beiden sprechen ins Leere, tote Kommunikation. Dann schweigen sie. Toms Blick irrt durch den Raum, Jennifer schaut auf den Boden.

»Wolltest du deshalb, dass ich komme? Damit du noch einmal siehst, dass wir uns nichts zu sagen haben? Dass wir nicht zusammenpassen?«

Jennifer sucht Mikael, kann ihn aber nicht mehr finden.

»Stimmt. War eine blöde Idee, dich hierhin einzuladen.« Ohne sich zu verabschieden, lässt sie Tom stehen und läuft aus der Galerie.

Er geht zum Ausgang und schaut, ob Jennifer noch in der Nähe ist. Ihre langen blonden Haare sind längst außer Sichtweite.

Wassertropfen und Eiskristalle mit unterschiedlichen Temperaturen und Aggregatzuständen werden von auf- und absteigenden Winden durcheinandergewirbelt und erzeugen so in Gewitterwolken elektrische Spannungen. Ionen werden angezogen und abgestoßen, kosmische Strahlungen setzen Elektronen frei, es kommt zu Kettenreaktionen, bis sich schließlich die unterschiedlichen Potenziale durch Entladung ausgleichen.

Ein Blitz.

Im Blitzkanal erhitzt sich die Luft, doch das umgebende Magnetfeld verhindert die Ausdehnung der Moleküle. Mit dem Einschlag bricht das Magnetfeld zusammen. Die heiße Luft dehnt sich mit einem Mal aus. Donner ist eine Explosion der Luft.

Jennifer läuft in Richtung Subway. Bloß schnell weg. Sie will unbedingt mit jemandem reden. Sie vergräbt die Hände in den Jackentaschen. Ein Zettel. Mikaels Nummer. Sie zögert. Warum eigentlich nicht? Sie wählt, legt aber noch vor dem Freizeichen wieder auf. Wenn Tom eine Vaterfigur war, was ist dann mit Mikael? Jennifer weiß es nicht. Sie wählt noch einmal.

Mikael sitzt im PDT, einer Cocktailbar im East Village. Syana hat sie empfohlen. PDT steht für: »Please don't tell«. Das Lokal ist gut versteckt, wer hinein will, muss durch einen Hotdog-Laden. Dort steht eine alte Telefonzelle mit einer Geheimtür, dem Eingang zur Bar. Mikael bestellt einen Whiskey. Er denkt über den Tag nach, über sein Gespräch mit Jennifer, die Ausstellung. Und über seinen Film.

Sein Handy klingelt. Drangehen? Passt nicht zur gediegenen Atmosphäre der Bar. Verstohlen kuckt er auf das Display. Eine unbekannte Nummer. Die Neugier siegt.

Halbtotale. Eine Bar. Dunkle Wände. Ledersessel. Ein von unten beleuchteter Tresen. Davor mit hellem Leder bezogene Hocker. An der Backsteinwand neben dem Tresen hängt ein präparierter Hirschkopf mit imposantem Geweih.

Nahaufnahme. Mikael und Jennifer, ins Gespräch vertieft, dahinter der Barkeeper. Jazzmusik.

Blende.

Nahaufnahme. Der Barkeeper mischt einen Dry Manhattan.

Ein Glas.

Eiswürfel.

Whiskey.

Angostura.
Trockener Vermouth.
Zitronenschale.
Als Geräuschkulisse: Das Klirren der ins Glas fallenden Eiswürfel, die gluckernden Geräusche beim Einschenken der verschiedenen Zutaten, das rhythmische Scheppern des metallenen Mixers. Wortfetzen von Mikael und Jennifer: »Freiheit«, »Überwachung«, »9/11«.
Halbtotale. Der Barkeeper legt eine Serviette vor Jennifer auf den Tresen und stellt den Manhattan ab.
Sie nickt dem Barkeeper zu und konzentriert sich wieder auf Mikael.
Mikael: »Und dann rufst du: ›Go shopping! Go shopping!‹«
Jennifer (probiert den Drink): »Okay. Und dann renne ich weiter.«
Mikael: »Genau.«
Jennifer nimmt noch einen Schluck.
Mikael: »Bist du dabei?«
Der Raum in Halbtotale. Mikael und Jennifer sind weiter ins Gespräch vertieft. Der Barkeeper schüttelt den Mixer. Als Geräuschkulisse: Klaviermusik.
Nahaufnahme.
Unter dem Tresen berühren sich zwei Knie, eins in Strumpfhosen, eins in Jeans.
Blende.

Mikael trinkt weiter Whiskey, Jennifer bestellt noch einen Manhattan. Das Gespräch springt von einem Thema zum nächsten. RFID-Chips und wie man damit den Weg der Produkte bis in die Haushalte der Konsumenten verfolgen kann. Handy-Ortung, GPS-Systeme und die Profile, die Firmen wie Google oder Apple über ihre Nutzer anlegen, indem sie Suchbegriffe analysieren oder Nutzerstandorte mit den von dort abgerufenen Seiten verknüpfen. Sie diskutieren über den Soldaten der Zukunft und die neue Ballistik-Applikation fürs iPhone, die Wetterdaten, Erdkrümmung und Waffeneigenschaften auswertet, um Scharfschützen das Zielen zu erleichtern. Sie sprechen über gezielte Tötungen mit Drohnen, über das Kriegsrecht und die Völkerrechtsverletzungen, die die USA begehen.

Letztlich dreht sich ihr ganzes Gespräch nur um eine Frage: Verliert man seine Freiheit, wenn man sie mit allen Mitteln verteidigen will?

Irgendwann hört Mikael ihr nicht mehr richtig zu, sondern driftet in seine eigene Gedankenwelt ab. Und je länger er Jennifer beim Reden zuschaut, desto mehr verändert sie seinen Film. An die Stelle der dokumentarischen Ebene – die Wachleute, die ihm das Filmen verbieten wollen und dabei von ihm gefilmt werden – tritt Jennifer. Jennifer geht durch die Stadt, sucht ikonische New Yorker Orte auf, immer im Blickfeld der Überwachungskameras. Mal läuft sie langsam, mal schnell, mal lasziv, mal verschüchtert. Dreht sich um und wirft einen Blick in die Kamera. Der Film ist immer noch eine sich wiederholende Performance, aber mit einem kurzen und einfachen Plot – ein Weg durch die Stadt, durch das Objektiv der Überwachungskameras.

Mikael verfeinert in Gedanken seine Filmidee, neue Orte fallen ihm ein. Er schaut Jennifer auch noch verträumt in die Augen, als sie schon über die Eingrenzung der Bürgerrechte nach 9/11 referiert. Zu ihrer Empörung sind viele Bürger der USA damit einverstanden, genauso wie mit der von

Rudolph Giuliani eingeführten Zero-Tolerance-Politik. »Erinnerst du dich noch an den Spruch, mit dem er die New Yorker nach 9/11 beruhigen wollte?«

Ihre Frage reißt ihn aus seinen Gedanken. »Welchen Spruch«?

»Show you're not afraid. Go shopping!«.

Mikael horcht auf. Keine Angst zeigen. Ihn durchzuckt es, denn in diesem Moment ist alles klar. Das ist der Film! Nicht bloß die Kameras und Jennifer, sondern genau dieser Satz. Diesen einen entscheidenden Satz wird Jennifer in die Kamera sprechen, singen, flüstern, schreien:

»Show you're not afraid. Go shopping!«

Immer wieder. »Show you're not afraid. Go shopping!« vor dem UN-Gebäude, »Show you're not afraid. Go shopping!« vor der Columbia University, vor den Trump Towers. »Show you're not afraid. Go shopping!« im Rockefeller Center. In der Wall Street. Im Waldorf Astoria. Im Apple Store. Bei Prada. Auf der Rampe des Guggenheim. In der Haupthalle des JFK-Flughafens. Im Yankees-Stadium. Auf der Baustelle des Word Trade Centers.

Jennifer spielt die Hauptrolle. Sie versteht das Thema, und alle werden sie sehen wollen. Idealbesetzung. Unschuldig, dennoch kraftvoll. Naiv wie Marilyn Monroe in *Wie angelt man sich einen Millionär?*, aggressiv wie Sharon Stone in *Basic Instinct*, verzweifelt wie Kim Novak in *Vertigo*: »Show you're not afraid. Go shopping!«

Halbtotale. Mikael und Jennifer kommen durch die Telefonzelle aus dem PDT. Mikael hilft Jennifer in ihre Jacke. Seine Hand streicht über ihren Rücken. Sie lächelt.
Totale. First Avenue, Blick auf die Außenfassade

des Hotdog-Ladens. Eine Menschentraube am Eingang. Mikael und Jennifer kommen aus der Tür. Er legt seinen Arm um ihre Schulter.
Ein Taxi fährt vor. Mikael und Jennifer steigen ein. Das Taxi fährt ab.
Blende.

Jennifer atmet tief und regelmäßig, doch Mikael schläft unruhig. Er träumt von Syana und von Überwachungskameras. Er wacht auf, holt sich eine Flasche Wasser und denkt noch einmal über seine neue Filmidee nach. Er betrachtet Jennifer, die völlig entspannt auf dem Sofa liegt und schläft. Alles könnte so perfekt sein. Jennifer schreit »Show you're not afraid. Go shopping!« und rennt durch die Straßen, die zusammengeschnittenen Bilder der verschiedenen Kameras eröffnen eine neue Sicht auf New York. Aber irgendwas stimmt nicht. Der Film hat einen Fehler. Mikael setzt sich auf, drückt die Schultern in die Lehne des Schlafsofas, trommelt mit den Fingern auf die Decke über seinen Knien. Dann fällt es ihm plötzlich ein. »Scheiße. Ich brauche Ton.«

CCTV-Kameras nehmen keinen Ton auf, die Dateien wären zu groß. Nur Bilder. Überwachung braucht keinen Ton.

Mikael starrt auf die Wand in seinem Atelier. Fotos von Überwachungskameras, Zettel mit technischen Angaben, Skizzen zu den Blickwinkeln, Entwürfe für Bewegungsabläufe vor der Kamera.

Manu Luksch, österreichische Künstlerin, die in London lebt, hat 2007 mit *Faceless* einen ausschließlich mit zur Überwachung öffentlicher und halböffentlicher Räume genutzten CCTV-Kameras gedrehten Science-Fiction-Film produziert.

Ausgangsmaterial sind Aufnahmen, auf denen sie selbst zu sehen ist. Diese Aufnahmen hat sie auf Basis des britischen *Data Protection Act* aus dem Jahr 1998 von den jeweiligen Kamerabetreibern eingefordert, zusammengeschnitten und vertont.
Aufgrund des *Data Protection Act* mussten die Kamerabetreiber die Gesichter anderer in den betreffenden Aufnahmen zu sehender Personen unkenntlich machen, zum Beispiel mittels einer über das Gesicht gelegten schwarzen Maske. Diese Maskierung ist Namensgeber und vorherrschendes Bildmotiv von *Faceless*.
Bereits 2002 hat Luksch ein Manifest über die Verwendung von *found footage* aus Überwachungskameras verfasst. Darin finden sich explizite Anweisungen für gezielte Dreharbeiten, Tipps für das Einfordern der aufgenommenen Videosequenzen und für die Distribution der so entstandenen Filme. Vor allem, so Luksch, ist bei allen Schritten auf die gesetzlichen Einschränkungen zu achten, da sonst die Filmemacher keinen Anspruch auf die Überwachungsvideos haben oder die daraus erstellten Filme nicht öffentlich vorführen dürfen.
Das »Manifesto for CCTV Filmmakers« kann man im Internet unter www.ambienttv.net abrufen.

Mikael betrachtet die schlafende Jennifer. Das weiße, viel zu große T-Shirt hat er ihr gestern Abend gegeben. Ihre Klamotten liegen auf einem Stuhl.

Mikael zieht kurz die Augenbrauen hoch und wirft sich wieder in das zerknautschte Kopfkissen. Hoffentlich hat Syana eine Lösung für die Sache mit dem Ton. Er muss sie unbedingt sofort fragen, wenn sie wieder aus Detroit zurück ist.

Etwas ist anders als in den letzten Tagen. Ganz anders. Er streicht Jennifer noch mal durchs Haar, dann zieht er die Decke hoch und versucht, noch einmal einzuschlafen.

Er liegt noch lange wach.

3.

»Das größtmögliche Kunstwerk, das es je gegeben hat.«
Karlheinz Stockhausen, 16. September 2001

Tom hat sich in den ersten Wochen bei SOM gut eingearbeitet. Er fühlt sich wohl in der Firma. Nach der Trennung von Jennifer gibt ihm die Routine des Arbeitsalltags Halt und Sicherheit. Er teilt sich das Büro mit acht Kollegen, die mit Aufgaben rund um die Gebäude- und Baustellensicherheit betraut sind. Tom ist für die Planung des Serverzentrums zuständig. Mit der Zeit hat er sich zwar mit seiner Aufgabe angefreundet, immerhin ist das Serverzentrum das Gehirn eines Büroturms, aber insgeheim hofft er, bald einen größeren und sichtbareren Bauabschnitt des neuen World Trade Centers zugewiesen zu bekommen.

Die Serverräume liegen in den Kellergeschossen. Drei Etagen mit Computern und Kühlanlagen. Dicke Betonwände schützen gegen Erdbeben und Explosionen. Mehrere Notstromaggregate sichern die Energieversorgung. Eine Löschanlage, um bei einer Überhitzung der Rechner oder im Falle eines Kurzschlusses jedes Feuer im Keim zu ersticken. Druckflaschen mit Freon, einem flüssigen Löschmittel, das Brände durch Sauerstoffentzug erstickt. Freon ist auch für Menschen tödlich, aber die haben im Serverraum ohnehin nichts verloren. Ein engmaschiges Netz aus Bewegungsmeldern und Videokameras schützt vor dem physischen Eindringen von Datendieben. Die Installation der Überwachungsanlage hat Tom selbst beaufsichtigt, etliche Male war er dafür bereits auf der Baustelle.

Für die Planung gilt die höchste Geheimhaltungsstufe, Tom speichert abends alle Pläne passwortgeschützt auf dem zentralen Server von SOM. Seine Ausdrucke schließt er im Tresorraum ein. Keine Information über die Sicherheitsanlagen darf das Büro verlassen.

Parallel zur Arbeit bei SOM hat Tom sich ein paar Mal mit Sunner getroffen, um über das Paradies-Projekt zu sprechen. Tom hat einige Vorentwürfe angefertigt und sich mit grundsätzlichen Fragen beschäftigt. Denn obwohl er in Afghanistan und im Irak Kunstschätze sichern musste, hat er von islamischer Kultur, ihrer Kunst und Architektur eigentlich keine Ahnung. Ein paar Fortbildungskurse als Soldat, sonst nichts. Auch im Studium hat er zu diesem Thema weder Seminare belegt noch Bücher gelesen. Die Skizzen, die er im Irak gezeichnet hat, waren viel zu übertrieben, eignen sich nicht zu praktischen Umsetzung. Was bleibt, sind Gemeinplätze, Vorurteile, Medienbilder. Kopftücher, Minarette, Selbstmordattentäter.

Die Kunstgeschichte zeigt, dass Architekten alles entwerfen können. Nichts ist unmöglich: Wohnmaschinen, Reißbrettstädte, Weltraumstationen. Warum also nicht auch ein Paradies? Aber was soll es sein: ein Garten, ein Schlaraffenland oder doch eher ein Casino in Las Vegas?

Die Regale in Toms Büro füllen sich mit Modellen und Büchern. Die Wände sind voller Fotos, Landschaftsbilder und Zeichnungen. Daneben Zeitungsartikel über Selbstmordattentäter, Märtyrer, al-Qaida, die islamistische Al-Shabaab-Bewegung in Somalia.

»Ein Garten. Und natürlich Wasser. Viel Wasser.«

Die Architekturhistorikerin kommt aus der Türkei. Für zwei Semester ist sie als Gastprofessorin am Aga Khan Program for Islamic Architecture des MIT in Boston, einer Hochschule, die schon immer intensiv mit dem amerikanischen Militär zusammengearbeitet hat. Sunner hatte die dortige

Forschungsabteilung kontaktiert, und die hat für Tom das Treffen arrangiert.

»Also, wenn Sie wirklich ihren PhD über islamische Architektur machen möchten, sind Sie bei uns genau richtig. Ach, Sie waren als Soldat schon im Nahen Osten? Dann haben Sie ja bestimmt bereits einige der spannendsten Orte gesehen. Aber auch außerhalb der arabischen Welt gibt es historische islamische Architektur, die Sie interessieren könnte. Zum Beispiel die Gärten in der Alhambra, wahrscheinlich der Inbegriff eines Paradiesgartens.«

Alhambra. Kleinod der arabischen Architektur in Spanien. Palast- und Gartenanlage aus dem 13./14. Jahrhundert. UNESCO-Weltkulturerbe. Löwenfiguren. Innenhöfe. Säulengänge. Neben den eigentlichen Palastanlagen findet sich die Gartenanlage Generalife. Schatten, Wasser, Grün. Leichtigkeit und Eleganz. Blumenduft. Pflanzen, Brunnen und Wasserbecken sind die zentralen Motive der Gärten. Der Name Generalife stammt vom arabischen Djannat al-'arîf und bedeutet: das Paradies des Architekten.

»Der Garten. Das stimmt, der Garten ist ein wichtiges Bild für das islamische Paradies. Wie Milch und Honig. Einfach ein Ort, an dem sie sich wohl fühlen, keine Sorgen haben. Aber der Islam ist vielfältig. Da gibt es nicht *die* eine Paradies-Vorstellung. Und auch nicht den einen Weg dorthin. Ja, im heiligen Krieg, so legen das viele Gelehrte aus, darf man sich auch selbst umbringen, wenn es dem Sieg dient. Und dann kommt man ins Paradies. Aber das sehen nicht alle so. Was es im Paradies noch gibt außer Milch und Honig? Ach, jetzt spielen Sie auf die Huris an …«

Lautes, gutmütiges Lachen füllt den kleinen Raum. Tom sitzt bei einem Wissenschaftler der Columbia University, einem Experten für die Kulturgeschichte des Islam.

»Die heiligen Jungfrauen? Die interessieren Sie also? Dann sagen Sie das doch gleich ...«

Huri. Paradiesjungfrau. Schönheit mit mandelförmigen Augen. Vollkommene Reinheit. Geschenk für den erfolgreichen Krieger, Märtyrer, Dschihadisten.

»Ach, wissen Sie, das sollte man nicht so wörtlich nehmen. Genauso wie das Paradies. Wer weiß schon, ob es das gibt, und wenn ja, wie es aussieht.«

Wieder das gleiche, tiefe Lachen, das Tom ein Gefühl der Geborgenheit gibt. Das Lachen ist offen, schließt die Möglichkeit des eigenen Irrtums mit ein. Auch bei diesem Gespräch hat Tom den gleichen Vorwand angegeben: Er sei ein Architekt mit Interesse an historischen Fragen und wolle ein kleines Forschungsprojekt beginnen, vielleicht sogar eine Promotion. Islamische Baukunst in Vergangenheit und Gegenwart, mit einem Schwerpunkt auf Paradiesvorstellungen. Das Treffen ist sehr kurzfristig zustande gekommen, die Empfehlung der Kollegin vom MIT hat sicherlich auch geholfen.

»Kennen Sie die Geschichte der Assassinen? Eine kleine Sekte im Mittelalter, na ja, vielleicht ist die Geschichte auch erfunden. Aber wenn Sie sich für das Paradies und seine Jungfrauen interessieren, wird die Ihnen sicher gefallen.«

Assassinen. Ismailitische Sekte in Syrien und Persien, Hochzeit 11. bis 13. Jahrhundert. Von den Assassinen leitet sich das englische und französische »assassin« für Mörder ab. Raschid ad-Din Sinan (1122-1192), einer der Anführer der Assassinen, nutzte Selbstmordattentäter zur Durchsetzung seiner politischen Interessen. Zur Motivation wandte as-Din Sinan angeblich eine besondere Verführungstechnik an: Er lud junge Männer auf seine Burg Masyaf, gab ihnen Drogen und führte sie dann in seinen Garten. Dort gab es nicht nur Brunnen mit Milch und Honig, sondern auch schöne Frauen, die die jungen Männer umgarnten. Auf diese Weise lernten sie das Paradies kennen, das ihnen, so das verlockende Versprechen, nach erfolgreich ausgeführter Tat wieder offen stünde. Ein Garten als Ort der Glückseligkeit.

»Und wie ist das heute?«, fragt Tom. »Gibt es heute auch solche künstlichen Paradiese? Und die Selbstmordattentäter? An was für ein Paradies glauben die eigentlich?«

Ein langgezogenes »Ja« ist die erste Antwort, auf die eine lange Pause folgt. »Paradies heute? Vielleicht ›The World‹, wenn sie so wollen. Das sind künstliche Inseln vor Dubai, vielleicht ist das so eine Art heutiges Paradies. Aber ohne religiöse Aufladung, eher die arabische Variante des Kapitalismus. Und an was die Selbstmordattentäter glauben, wissen Sie, das ist schwer zu sagen. Man kann sie ja nicht mehr fragen«. Wieder das beruhigende Lachen. »Die Gelehrten, die streiten sich ohnehin darüber, was der Koran den Attentätern nun wirklich verspricht. Da gehen die Meinungen weit auseinander. Wer sich jedoch dazu entschließt, der wird auch eine schöne Belohnung vor Augen haben – wobei das vielleicht auch nur unsere westliche Projektion ist, wir verkennen zuweilen die Ausweglosigkeit der Situation, die in vielen Ländern herrscht. Westliche Ignoranz. Na ja, Ihnen erst mal viel Glück bei Ihrer Suche nach dem Paradies.«

Suche nach dem Paradies ist die richtige Bezeichnung für das, was Tom bevorsteht. Auch wenn es ein ganz anderes Paradies ist, als seine Gesprächspartner denken. Garten Eden. Künstliche Gärten. Tom kommen verschiedene Architekturprojekte in den Sinn, die mit Gärten zu tun haben. Und natürlich die Idee von Libeskind, Gärten in das neue World Trade Center einzubauen. Weil es so friedliche, lebensbejahende Orte seien. Norman Fosters hängende Gärten in Frankfurt. Nicholas Grimshaws Project Eden, ein riesiges Gewächshaus-System in England. Aber wie soll er einen solchen Garten auf einen Flughafen in Polen schaffen? Am ehesten realisierbar wäre wohl etwas in der Art von Tropical Island.

Tropical Island. Auf einem ehemaligen sowjetischen Militärgelände siebzig Kilometer südöstlich von Berlin liegt Deutschlands größter »Indoor-Regenwald«. Er befindet sich in einer Halle, die in den neunziger Jahren zur Fertigung von Luftschiffen geplant und errichtet wurde. Mit 360 Metern Länge, 210 Metern Breite und 107 Metern Höhe ist es die größte Halle der Welt. Eine Investitionsruine. Nach der Insolvenz der Betreiberfirma wurde das Gebäude an einen Geschäftsmann aus Malaysia verkauft, der dort mit Hilfe von zehn Millionen Euro Subventionsgeldern 2004 eine neue Art von Badelandschaft eröffnete. 64 Prozent Luftfeuchtigkeit, 26 Grad, 50 000 Pflanzen und 200 Meter Sandstrand. Das Paradies der armen Leute: Tag und Nacht geöffnet, 28,50 Euro Eintrittspreis.

Tom kommt mit seinem Paradies nicht wirklich voran. Der Entwurf wird nicht konkret, er dreht sich im Kreis. Sunner wird allmählich ungeduldig. Doch er hat eben auch bei SOM gut zu tun.

Er bereitet gerade Detailpläne für die Notstromversorgung vor, als die Chefsekretärin den Raum betritt. Die Kollegen schauen einander fragend an, das nächste Meeting mit den Chefs ist erst für die kommende Woche angesetzt.

»Kommen Sie mal mit, der Boss will Sie sprechen.«

Tom speichert die Datei, an der er gerade zeichnet. »Was gibt es denn?«

»Das weiß ich auch nicht, er will es Ihnen persönlich sagen.«

Er steht auf und folgt der Sekretärin. Sie gehen zu dem Raum, in dem das Vorstellungsgespräch stattgefunden hat.

»Ich habe was für Sie«, beginnt der Büroleiter. Er macht eine einladende Geste, Tom folgt ihm zum Empfang, dann einen schmalen Gang entlang und eine Treppe hinunter. In diesem Teil des Gebäudes war Tom noch nie. Schließlich bleiben sie vor einer Tür stehen. Der Büroleiter schließt auf und drückt Tom den Schlüssel in die Hand.

»Ihr neuer Arbeitsplatz.«

»Wie bitte?«

»Ja, gehen Sie schon rein.«

Ein kleiner Raum. Ein winziges Fenster zu einem der Belüftungsschächte. Ein paar leere Regale, ein großer Schreibtisch, eine Stahltür. Klein, aber ein eigenes Büro.

»Ihr Telefon.« Der Büroleiter zeigt auf die überdimensionierte Telefonanlage, die auf dem Schreibtisch steht. »Und hier ist noch eine zweite Leitung, die ist abhörsicher. Kommt vom Heimatschutzministerium, für vertrauliche Gespräche.« Er dreht seinen Kopf in Richtung Stahltür. »Da geht es übrigens in den Tresorraum. Ein Hintereingang. Kennt fast niemand außer mir – und jetzt Ihnen. Sie haben ab sofort Zugang zu allen sicherheitsrelevanten Plänen. Das brauchen Sie auch. Sie werden sich von nun an mit dem Sicherheitskonzept im Ganzen beschäftigen. Suchen Sie die Lücken im System. Machen Sie uns auf die Gefahren aufmerksam, an die wir noch nicht gedacht haben. Seien Sie kreativ. Für die Details des Serverraums ist später immer noch Zeit.«

Tom ist keine zehn Minuten alleine im Büro, schon klingelt das abhörsichere Telefon. Tom hebt ab.

»Hallo Tom, hier Sunner.«

»Sunner. Das hätte ich mir ja denken können. War das hier Ihre Idee, Sir?«

»Wir mussten dich aus diesem Großraumbüro rausholen. Da kannst du ja nicht vernünftig arbeiten, wenn jeder auf deinen Tisch schaut. Es wird nämlich ernst, die Verhöranlage in Polen soll in sechs Wochen stehen.«

»In sechs Wochen? Sir, das geht doch nicht ... Selbst wenn ich den Entwurf in einer Woche fertig habe, muss das Ding ja noch gebaut werden.«

»Lass das mal unsere Sorge sein, wir haben da schon geeignete Firmen an der Hand. Deine Aufgabe ist klar. Und ich brauche dich wohl nicht daran zu erinnern, wem du den Job bei SOM zu verdanken hast.«

Tom schluckt. »Okay, Sir, ich hab's verstanden.«

»Also, der erste Test in Polen wird jetzt vorbereitet. Mit passenden Klienten aus Afghanistan.«

Tom starrt durch das kleine Fenster auf die wenige Meter entfernte Mauer. An das Gespräch mit Sunner hat Tom schon eine Weile nicht mehr gedacht, eigentlich hat er es aus seinem Gedächtnis gelöscht. Das hat er im Krieg gelernt: zu vergessen. Dinge, die einen belasten, einfach wegschieben. In ein tiefes Loch irgendwo im Selbst. Tom kennt viele

Kameraden, bei denen immer wieder Erinnerungen hochkommen. Die Scharmützel. Die eigene Angst. Schuldgefühle. Posttraumatische Störung, so nennen das die Psychologen. Die Folgen sind bekannt: Drogenmissbrauch, Schwierigkeiten in privaten Beziehungen, Erfolglosigkeit im zivilen Beruf. Es ist nicht leicht, nach dem Krieg im Alltag anzukommen. Aber Tom geht es gut. Er hat nur selten Alpträume. Nur manchmal, wenn es emotional stressig wird, finden im Kopf wieder Gefechte statt.

Sein kleines Büro sieht Tom nun in neuem Licht. Nicht so groß, dass andere neidisch werden könnten. Ein wenig versteckt, so dass niemand aus Versehen hereinstolpert. Und so weit von den anderen entfernt, dass man eher anruft, als einfach mal reinzuschauen. Ein Gefängnis.

Polen.

Sunner hat zwar keine Befehlsgewalt über ihn, aber was heißt das schon. Sunner hat Macht. Sein Netzwerk reicht weit. Er würde ihn bestrafen, auf welche Art auch immer.

Polen. Verdächtige aus Afghanistan. Tom weiß, dass es geheime CIA-Gefängnisse im Ausland gab – und wahrscheinlich noch gibt –, in denen gefoltert wurde. »Alternative Verhörmethoden«, so der Fachterminus. Polen, Rumänien und Deutschland wurden in der Presse als mögliche Standorte genannt.

Tom holt eine neue Skizzenrolle und beginnt zu zeichnen, legt die Rolle dann wieder weg. Er muss sich das vor Ort ankucken, sonst bringt die ganze Entwerferei gar nichts.

Halbtotale. Drei Männer - Sunner, Connelly, Laporta - sitzen an demselben Tisch in derselben Bar. Dieselben Hintergrundgeräusche. Dieselbe Kleidung. Nahaufnahme von Connelly.

Connelly: »Was gibt es Neues, meine Herren? Sunner, was macht Ihr Paradies?«
Kamera schwenkt zu Sunner.
Sunner: »Ich habe unseren Mann instruiert. Er sitzt dran. Sein Entwurf ist fast fertig. Nach Polen wissen wir mehr.«
Connelly: »Wann werden Sie in Polen denn so weit sein?« Sunner: »In eineinhalb Monaten kommt ein geeigneter Kandidat aus Afghanistan. Bis dahin müssen wir fertig sein. Die eigentlichen Baumaßnahmen sollten sich schnell abschließen lassen, wir haben Firmen, die das recht effizient umsetzen können.«
Schwenk zu Laporta. Er schaut nach rechts aus dem Bild. Dann dreht er sein Gesicht in die Kamera. Kalter Gesichtsausdruck.
Laporta: »Sunner, ich weiß immer noch nicht, was Sie mit dem Paradies eigentlich genau meinen. Können Sie uns das freundlicherweise etwas genauer beschreiben?«
Nachfolgender Dialog in Schuss-Gegenschuss.
Sunner (lächelt verschmitzt): »Gerne. Sie wissen, wie sich Dschihadisten das Paradies vorstellen?«
Laporta: »Ich habe keine Ahnung, wie sich irgendjemand das Paradies vorstellt. Und erst recht nicht, was sich ein verdammter islamischer Gotteskrieger darunter vorstellt.«
Sunner: »Schade. Denn dann würden Sie schnell verstehen, woran wir arbeiten.«
Connelly (kühl): »Sie meinen doch nicht etwa das, was ich jetzt denke?«
Sunner: »Doch, Sir, genau das meine ich.«
Halbtotale. Lange Einstellung. Die drei Männer tauschen Blicke aus.

Connelly: »Und?«
Sunner: »Im Paradies warten Jungfrauen, die die Märtyrer verwöhnen.«
Laporta (entrüstet): »Sunner, Sie sind vollkommen übergeschnappt! Wie wollen Sie das denn nachbauen? Und was soll das bringen?«
Sunner: »Mein lieber Laporta, ich bin nicht übergeschnappt. Ich glaube nur nicht an Ihre veralteten Methoden. Folter verschließt den Menschen. In Guantanamo haben wir damit kaum verwertbare Ergebnisse erhalten. Gewalt ist einfach das falsche Mittel. Ich bin kein Hippie (dreckiges Lachen), aber Waterboarding … Alle Foltermethoden, bei denen die Leute glauben, sie würden gleich sterben, sind einfach nicht zielführend. Das ist durch psychologische Studien bewiesen. Die Grund ist einfach: Die Terroristen haben keine Angst vor dem Tod. Im Gegenteil, die sehnen sich geradezu danach. Und diejenigen, die Angst haben, sind keine echten Täter – und können uns deshalb nichts sagen. Was sie in Todesangst erzählen, hat keinen Wert. Das hat uns immer nur in die Irre geführt, und das wissen Sie genauso gut wie ich. Make love, not war. Glauben Sie doch einfach an die Kraft der Liebe. Damit erreichen Sie viel mehr.«
Die drei lachen dreckig.
Connelly: »Und Sie meinen, das funktioniert wirklich?«
Sunner: »Sir, wenn es uns gelingt, das Paradies zu simulieren, dann werden wir an die geheimsten Informationen kommen. An die Wahrheit. Und diese Wahrheit, meine Herren, wird für uns sehr wertvoll sein.«

Sunner blickt herausfordernd zu Connelly hinüber.
Connelly: »Gut. Machen Sie weiter. Testen Sie das.
Und danach berichten Sie uns.«
Sunner lehnt sich zurück, den Blick auf einen imaginären Punkt in der Ferne gerichtet. Er hebt sein Glas und nimmt einen großen Schluck Bier.
Blende.

Der Flughafen von Szymany liegt in einem Waldgebiet. Eine ehemalige Militärbasis, seit fünfzehn Jahren stillgelegt. Matschige Wege, alte, heruntergekommene Hangars, dazwischen ein paar neue Baracken für amerikanisches Personal. Alles andere als ein Paradies. Und viel zu kalt. Ein Himmelfahrtskommando. Drei Tage verbringt Tom in Polen, er schaut sich die verschiedenen Gebäude an, die Umgebung, das nahegelegene Städtchen. Einen wirklich geeigneten Ort findet er nicht. Er trifft sich mit lokalen Baufirmen, die als vertrauenswürdig gelten. Schließlich wäre es am einfachsten, die vorhandenen Strukturen zu nutzen. Aber mit jeder Stunde wird ihm deutlicher, dass alles, was er sich bislang überlegt hat, hier nicht funktionieren kann.

Desillusioniert kehrt Tom nach New York zurück. Der Militärtransporter ist nicht annähernd so komfortabel wie ein Linienflieger. Härtere Sitze, kein Essen. Über Neufundland ein Sturm, der sich gewaschen hat. Er wird ordentlich durchgeschüttelt. Tom schaut aus dem Fenster auf die Wolkenlandschaft. Von hier oben wirken die Gebilde längst nicht so schön wie von der Erde aus. Wenn die Menschen das früher gewusst hätten, wäre das Paradies bestimmt nicht im Himmel verortet worden, denkt Tom. Von unten wirken die Wolken ruhig und rein, aber wenn man mitten drin ist, sind sie bedrohlich und machen Angst. Im Paradies gibt es bestimmt nur Schäfchenwolken.

Kaum ist er am nächsten Tag wieder im Büro, klingelt auch schon das abhörsichere Telefon.

»Sunner hier. Wie war's in Polen? Und wie geht's voran? Ich würde gerne mal einen Zwischenstand deines Entwurfs sehen. Ich kann mir dein Paradies nämlich noch immer nicht so richtig vorstellen.« Sunner lacht laut.

Tom kann keine Zwischenstände vorweisen. Er hat keine Lösung für die Situation in Polen, seine bisherigen Entwürfe sind alle für den Papierkorb. Nicht, weil es keine guten Skizzen wären. Aber für Polen? Keine Chance. Nicht realistisch. Er muss einen ganz anderen Weg finden.

»Klar können wir uns treffen. Aber ich brauche noch etwas Zeit.«

»Zeit? Viel Zeit ist nicht mehr«, entgegnet Sunner.

»Ich weiß. Ich brauche noch das Wochenende. Also am Montag?«

»Gut. Ich bin um neun Uhr da.«

»Okay, Sir.«

Sunner legt auf. Noch drei Tage. Also mal wieder ein langes Wochenende im Büro. Tom schaut aus dem Fenster, dann geht er zu seinem Bücherregal.

Er hat keine Lust mehr auf die Bücher über arabische Architektur. Er zieht eines über 9/11 aus dem Regal, damit würde er sich viel lieber beschäftigen. In Gedanken versunken blättert er ein wenig und bleibt bei einem Foto des alten World Trade Centers hängen. Die Fassade von Minoru Yamasaki. Die regelmäßige Wiederholung der Formen, die elegante Gleichförmigkeit. Neben den Bildern ist Baudrillards Text »Architektur: Wahrheit oder Radikalität« von 1999 abgedruckt.

»Diese Bauten schienen mir von einem andern Stern heruntergefallen zu sein. Was ist ihre Wahrheit? Damals, in den sechziger Jahren, weist diese Architektur schon das Profil einer hyperrealen, wenn nicht schon elektronischen Gesellschaft, indem die beiden Türme wie Lochstreifen aussehen. Zwiefach, wie sie sind, könnte man sie heute als Klone bezeichnen und als Vorwegnahme des Endes des Originals. Haben sie unsere Zeit vorweggenommen? Lebt der Architekt also nicht in der Realität, sondern in der Fiktion einer Gesellschaft, in der antizipativen Illusion? Oder überträgt er einfach, was bereits vorhanden ist?

Gibt es eine Wahrheit der Architektur, eine übersinnliche Bestimmung von Stadt und Raum?«

Fiktion. Paradies. Himmel. Wolken. Tom versucht, dem Rhythmus der Fassade vom alten World Trade Center nachzuspüren. Beim Paradies kann es nicht um die Verwirklichung einer zwar imaginären, aber letztlich doch naturalistischen Vorstellung gehen, sondern um eine andere Form von Wahrheit. Der Entwurf muss abstrakt sein, losgelöst von allem konkret Vorstellbaren. Es darf nicht so aussehen wie eine realisierte Vorstellung. Kein Kitsch, sondern Abstraktion. Wie die Wolken im Himmel.

Montagmorgen. Noch zwei Stunden, dann muss er Sunner erklären, warum das Paradies nicht funktioniert. Tom steht unter der Dusche und streckt seine Arme nach oben, das warme Wasser läuft seinen verspannten Rücken hinunter. Im Abfluss entsteht ein Strudel, das Wasser dreht sich immer schneller, aber der weiße Schaum bleibt fasst unbewegt stehen.

Während das Wasser weiter an seinem Körper entlangläuft und die Duschkabine sich mit dem heißen Dampf füllt, sieht Tom das Verhörzentrum Raum für Raum vor seinem inneren Auge. Plötzlich passt alles zusammen.

Er ärgert sich, dass er nicht früher darauf gekommen ist.

Boullées Kenotaph für Newton. Revolutionsarchitektur. Und die Wolke von Diller & Scofidio, bei denen er in Princeton studiert hat. Tom hat den Raum vor sich: eine Innenkugel ohne erkennbare Grenzen. Ein unendlicher Raum, der die Illusion erzeugt, man befände sich im Inneren einer Wolke. Alles ist ganz weiß. Weiß, die Farbe der Unschuld. Helles Licht. Das Licht der Wahrheit. Blendung. Entgrenzung.

Jetzt muss er das Ganze nur noch aufzeichnen.

1784 entwirft der Architekt Étienne-Louis Boullée eine Kult- und Erinnerungsstätte für den Physiker Issac Newton. Das Kenotaph ist sein bekanntester Entwurf. Eine Kugel mit 150 Metern Durchmesser. Die Hülle ist mit kleinen Löchern versehen, damit im dunklen Inneren der Eindruck entsteht, man befände sich unter einem unendlichen Sternenhimmel.
Der künstliche Himmel, schon damals der Versuch, die Unendlichkeit des Universums zu simulieren, die Absolutheit der Vernunft und ihre Gesetzmäßigkeiten sinnlich erfahrbar zu machen. Das Kenotaph für Newton wurde nie realisiert.
Heute sind künstliche Himmel ein architektonischer Taschenzauber, technisch verfeinert in den Traumwelten von Las Vegas und Nachahmern in aller Welt.

Weltausstellung Osaka 1970. Pepsi baut einen Pavillon. Ein kuppelförmiger Bau voller Spiegel. Nach außen ist er in eine künstliche Wolke gehüllt. Im Innenraum: Nebelmaschinen und Lichtprojektionen. Zugänglich nur durch einen unterirdischen Gang. Maximale Illusionstechnik, totales Theater. Auf der gleichen Weltausstellung ein weiterer Kuppelbau, der deutsche Pavillon, ausgeführt vom Architekten Fritz Bornemann für Karlheinz Stockhausens Komposition »Gesang der Jünglinge«. Die Besucher befinden sich auf einer in der Mitte

des Raums aufgehängten Plattform, die Musik kommt aus ringsum angebrachten Lautsprechern. Lichtinstallationen, Spiegel und kinetische Objekte. Entgrenzung der sinnlichen Wahrnehmung durch Synästhesie.
2001 bezeichnet Stockhausen den Anschlag auf das World Trade Center als »das perfekte Kunstwerk«.

Elizabeth Diller (geboren 1954) und Ricardo Scofidio (geboren 1935) entwerfen für die Expo 2002 eine künstliche Wolke, die über dem Genfer See zu schweben scheint. Eine Stahlkonstruktion wird mit über 30.000 Düsen ausgestattet, die feine Wassertröpfchen in die Luft sprühen. Je nach Luftfeuchtigkeit, Temperatur und Windrichtung ändert die Wolke ihre Form. Die Besucher der Ausstellung können auf Stahlstegen zur Wolke gelangen und in sie hineintreten. Architektur löst sich auf in eine nicht greifbare Atmosphäre.

Sakralräume und Weltausstellungen. Religion und Kommerz. Die Heimat der Illusion. Barocke Deckengemälde, Augentäuschungen, die dem Volk den göttlichen Himmel an die Decke der Kirche zaubern sollten. Trompe l'œuil, Mimikry und Camouflage. Ist die Wirklichkeit eine Täuschung oder die Illusion eine Wirklichkeit? Kulissenmalerei. Die hohe Kunst, die Grenze von Fiktion und Realität zu verwischen, wie sie Baudrillard definiert:

»Simulation: die Vortäuschung, die Verstellung, von lateinisch *simulatio*: die Verstellung, die Heuchelei, die Täuschung, das Vorschützen (eines Sachverhalts), die Vorspiegelung, der Vorwand, der Schein, die Vorschiebung; lateinisch *similis*: ähnlich, gleichartig, gleich.

Dissimulation: die Verstellung, die Verstellungskunst, die

Verheimlichung, die Verbergung, das Verhehlen, die Verschleierung; von lateinisch *dissimulatio*: das Unähnlich- oder Unkenntlichmachen, die Verkleidung, die Maskierung, die Verstellung, der Schein, die Verheimlichung.

Simulakrum: das Trugbild, das Blendwerk, die Fassade, der Schein; von lateinisch *simulacrum*: das Bild, das Abbild, das Bildnis, die Nachbildung, das Gebilde, die Statue, das Götterbild, die Bildsäule, das Traumbild, der Schatten, das Gespenst.«

Kurz vor neun schließt Tom die Tür zu seinem Büro auf, Sunner sitzt bereits an seinem Schreibtisch. Tom hatte nichts anderes erwartet. Sunner hat die Unterlagen, die auf dem Tisch liegen, schon durchgeblättert. Er dreht sich auf dem Stuhl und zeigt auf die Wand mit den Zeichnungen. Zitate islamischer Architektur. Säulen, Brunnen, Pflanzenrabatten.

»So soll's aussehen?«

»Nein«, antwortet Tom, »das sind Vorstudien. Aber die gehen in die falsche Richtung. Es wird ganz anders. Ich hab noch nichts gezeichnet. Die entscheidende Idee ist mir erst eben unter der Dusche gekommen. Aber ich kann's erklären.«

Tom breitet den Grundriss des polnischen Flughafens auf dem Tisch aus. Mit dem Bleistift fährt er die Landebahn nach.

»Hier kommen die Leute an. Die dürfen aber nicht merken, dass sie immer noch auf dem Flughafen sind. Das Paradies muss schallgeschützt ausgeführt werden, und sicherheitshalber sollte es auch möglichst weit abseits der Landebahn liegen.« Sein Bleistiftstrich endet bei ein paar Lagergebäuden am Rand des Flughafengeländes. »Wenn hier das Paradies ist, puffern der Wald und diese Anhöhe den Lärm schon mal ab.« Sein Bleistift umkreist ein kleines Waldgebiet, das zwischen den Lagerhallen und dem Flughafen liegt.

Sunner wirft einen prüfenden Blick auf den Plan. »Okay, das ist plausibel. Dann lass ich noch mal prüfen, ob wir in die Gebäude reinkommen.«

»Das ist kein Problem, ich hab mir das schon angesehen. Und hier sind noch Luftaufnahmen«, ergänzt Tom. »Keine Fahrzeugspuren. Und als ich da war, sah es auch nicht so aus, als ob da viel los wäre.«

Tom zeichnet eine Flügeltür in die Kopfseite des Lagergebäudes.

»Hier kommt eine große Tür hin, da muss ein Transporter durch.« Er unterteilt das Gebäude mit zwei kräftigen Strichen in drei Abschnitte. »Das Verhör hat drei Phasen, und für jede Phase gibt's einen extra Raum. Im ersten Abschnitt befindet sich ein ganz normaler Verhörraum. Die Zielperson soll das alles ruhig sehen, damit sie weiß, was auf sie zukommt. Die Soldaten, die hier arbeiten, sollten brutal aussehen. Am besten schwarz gekleidet und mit Gesichtsmasken, irgend so was halt. Auch die Wände und die Decke sind schwarz gestrichen. Ideal wäre ein runder Grundriss.«

»Warum denn rund? Das ist doch nur zusätzlicher Aufwand?«

»Ja, aber das erschwert die Orientierung. Keine Kanten, keine Himmelsrichtungen. Nichts. Ein Gefühl der Ortlosigkeit. Desorientierung. Auf jeden Fall keine Deckenbeleuchtung, die Person darf keine Anhaltspunkte dafür haben, wie groß der Raum ist und wie hoch. Sie soll einfach ein ungewisses Dunkel wahrnehmen. Ein schwarzes Loch.« Tom zeichnet einen Kreis in den zweiten Abschnitt des Gebäudes. »Am Boden Blutflecken, die Verhöreinrichtungen und Instrumente werden mit Standleuchten angestrahlt.«

Sunner nickt. »Okay. Für die technischen Details der Verhörtechnik haben wir ja andere Experten. Weiter mit der Architektur.«

»Die Liege für das Waterboarding steht in der Mitte.« Tom markiert das Zentrum des kreisförmigen Raums mit einem dicken Kreuz. »Das ist wichtig, die Raumanordnungen im Verhörraum und im Paradiesraum müssen identisch sein.«

Waterboarding. Foltermethode, bei der Tod durch Ertrinken simuliert wird. Eine Liege, nach hinten geneigt. Der Gefangene wird festgeschnallt, ihm wird ein Tuch über das Gesicht gelegt, dann wird Wasser über das Tuch gegossen, es läuft in Nase und Mund. Der Würgereflex setzt ein, der Gefolterte glaubt zu ersticken. Da der Kopf durch die Neigung aber tiefer als der Rest des Körpers liegt, kann das Wasser nicht in die Lungen laufen.

Waterboarding hinterlässt keine körperlichen Spuren und ist deshalb nicht nachzuweisen. Erste Anwendungen sind für das 14. Jahrhundert dokumentiert, spanische Inquisitoren bedienten sich häufig der *tortura del agua*. Von den Amerikanern wird Waterboarding seit dem Vietnamkrieg eingesetzt. Die *Washington Post* veröffentlichte 1968 ein Foto, das einen US-Soldaten bei entsprechenden Aktivitäten zeigte, und klassifizierte diese Methode als »ziemlich üblich«.

Auch unter Präsident George W. Bush wurde Waterboarding angewendet. In seinen Memoiren *Decision Points* erläutert er 2010 rückblickend: »And I thought about my duty to protect my country from another act of terror. ›Damn right‹, I said.« Und weiter: »The choice between security and values was real.« Angeblich wurde Chalid Scheich Mohammed, einer der mutmaßlichen Drahtzieher des Anschlags auf das World Trade Center, insgesamt 183 Mal mit Waterboarding gefoltert.

Tom zieht einen Kreis um das eben gezeichnete Kreuz. »Dieser Raum hat die Form einer halbierten Kugel. Eine Kuppel. Hier wird der Gefangene auf der Liege festgeschnallt. In der Mitte des Raums. Normalerweise werden die Fesseln ja so angebracht, dass keine Spuren zurückbleiben. Das kann man hier auch machen, aber es ist besser, wenn die Zielperson beim Festschnallen starke Schmerzen hat. Dann wundert sie sich beim Aufwachen, dass die Schmerzen plötzlich weg sind. Vielleicht kann an den Händen vorab ein Medikament injiziert werden, das starke lokale Schmerzen erzeugt. Wichtig ist, dass die Person beim Aufwachen eine grundlegende Veränderung wahrnimmt. Okay? Vorher Schmerzen an den Handgelenken, jetzt keine Schmerzen an den Handgelenken. Vorher dunkel, jetzt hell. Und so weiter, verstehen Sie?«

»Ja, weiter.«

»So, jetzt geht's ins eigentliche Paradies. Wie kommt der Gefangene da hin? Das ist wichtig. Auch wenn er bewusstlos und mit Medikamenten vollgepumpt ist, es gibt Leute, die spüren alles. Der Raumwechsel muss sanft sein, ohne Erschütterungen. Der Körper erinnert sich an so was. Ich stelle mir vor, dass es da ein Schienensystem gibt, auf dem die Liegeflächen hin- und hergeschoben werden können. Der Gefangene wird jetzt also in den anderen Raum geschoben. Der Raum ist ebenfalls rund, eine zweite Kuppel. Das ist extrem wichtig.«

»Schaffen wir das so schnell?«

»Kuppeln mit einer perfekt glatten Innenoberfläche werden wir wohl kaum hinbekommen. Aber wir könnten das auch als geodätische Kuppel machen. Ein normaler Pioniertrupp kann das ruck, zuck aufbauen.«

Geodätische Kuppeln. Sphärische Konstruktionen mit einer Substruktur aus Dreiecken. In beliebigen Größen aus vorgefertigten Elementen zu errichten. Vom amerikanischen Ingenieur Richard Buckminster Fuller (1885-1983), der während und nach dem Zweiten Weltkrieg eng mit dem amerikanischen und britischen Militär zusammenarbeite, ab den vierziger Jahren als visonäres Raum- und Konstruktionsmodell propagiert. Bekanntestes Beispiel einer realisierten geodätischen Kuppel ist die von ihm als amerikanischer Beitrag für die Weltausstellung in Montreal 1967 konstruierte »Biosphere«.

Tom zeichnet einen zweiten Kreis in den Grundriss. Er zeigt auf die entstehenden Resträume. »Hier sind die Räume für die Ärzte und das andere Personal. Wir brauchen ja auch noch ein paar Huris.«

»Huris? Ach so, die Jungfrauen. Polnische?« Sunner lacht schmutzig.

»Später. Erst mal die Architektur. Den zweiten Raum, also das richtige Paradies, sieht man besser im Schnitt.« Neben den Grundriss zeichnet Tom einen weiteren Kreis. »Der ist jetzt keine gewöhnliche Kuppel mehr, also keine Halbkugel. Der muss komplett kugelförmig sein, okay? Da muss man den Boden ausheben. Also, der Gefangene wacht auf und liegt auf einem schwebenden Teppich, so ein richtig schön großer, alter. Am besten aus dem Land, aus dem der Gefangene kommt. Teppiche sind ja auch Paradiesabbildungen, klar? Der Gefangene denkt nun, er schwebt, aber in Wirklichkeit liegt der Teppich auf einer verdeckten Plattform. In der sind kleine Motoren, die den Teppich ein bisschen bewegen, so wie eine Schaukel oder wie im Wellenbad. Die ganze Technik sieht der Gefangene aber nicht, denn um ihn herum ist alles weiß und hell. Wie in einer Wolke. Hier«, Tom zeichnet kleine Punkte in den Schnitt, »auf der Innenoberfläche der Kugel sitzen Tausende kleiner Düsen, aus denen sprüht Wasserdampf. Der Gefangene befindet sich also wirklich in einer Wolke. Die Wolke ist überall, auch unter ihm, wenn er über den Rand des Teppichs schaut. Das traut er sich aber eh nicht, denn der Teppich bewegt sich ja wellenförmig, und er will auf keinen Fall runterfallen. So, das ist das Setting.« Tom hat sich in Fahrt geredet. »Aber das ganze Drumherum muss natürlich auch stimmen. Der Gefangene trägt ein weißes Gewand, wie bei der Hadsch. Allerdings aus Seide oder einem anderen fließenden, edlen Stoff. Seine Haut sollte eingecremt sein, weich, geschmeidig. Neben ihm frische Blumen, mit weißen Blüten. Und er hat natürlich einen ordentlichen Aufheller gespritzt bekommen. Der ist also richtig high, wenn er aufwacht, okay? Außerdem läuft Musik, und die Raumluft ist parfümiert. In den Nebel kann man Videos mit tanzenden Frauen projizieren. Besser wäre es natürlich, echte tanzende Huris zu haben. Aber dafür brauchen wir weitere schwebende Plattformen, und das kostet Geld. Auf der gleichen Plattform wie der Gefangene sollten die sich besser nicht befinden, sonst sind die ja nicht mehr lange Jungfrauen.«

Sunner lacht laut auf.

»Wie Sie das mit den Jungfrauen handhaben, ist Ihre Entscheidung«, fährt Tom fort. »Oder die Ihres Budgets. Auf jeden Fall sollte man einen Raum vorhalten, in dem sie sich umziehen können und so.« Er atmet durch. »So, das war's erst mal zu Architektur und Inneneinrichtung.«

Sunner schweigt, schaut abwechselnd auf die Skizzen, die Tom während des Gesprächs angefertigt hat, und in Toms Gesicht.

»Das wird funktionieren?«

»Ja, ich denke schon. Es gibt allerdings noch ein Problem.

Ich weiß nicht, warum die Gefangenen da reden sollen. Vielleicht haben die ja auch Angst, so kurz vor dem Paradies, sie wissen ja noch nicht, was sie im Himmel erwartet. Aber Allah weiß ja ohnehin, was sie gemacht haben, warum sollten sie dann reden?«

»Keine Sorge. Da kümmere ich mich drum. Zeichne das auf, wie du es eben beschrieben hast. Mach den Teppich und die Plattform etwas größer. Und alles so schnell wie möglich. Sag mir Bescheid, wenn's fertig ist. Du kannst sehr stolz sein.«

»Dann sind Sie zufrieden?«

»Zufrieden? Mehr als das.« Sunner lächelt väterlich. »Ich glaube, das wird das größte Kunstwerk, das es je gegeben hat.«

Totale.
Ein Flughafen, Waldgebiet. Kiefern. Landeanflug eines Globemaster. Der Militärtransporter setzt auf und kommt auf dem Rollfeld zum Stehen.
Blende.
Halbtotale. Ein dunkler Raum, in der Mitte eine Liege. Eine Person wird hereingebracht. Orangefarbener Gefangenenanzug, schwarzer Vollbart. Hände auf den Rücken gefesselt. Fußfesseln. Die Person blickt nach unten.
Zwei Männer in schwarzen Kampfanzügen drücken den Mann auf die Liege. Hände und Füße werden mit Lederriemen festgeschnallt. Die Liege wird in Schräglage gebracht, die Füße höher als der Kopf. Ein Tuch wird über das Gesicht des Gefangenen gebreitet und festgedrückt. Einer der beiden Männer lässt Wasser über das Tuch laufen. Der Körper zuckt.

Lange Einstellung auf den Körper, der Kopf ist nicht im Bild. Ruhephasen wechseln sich ab mit heftigen Zuckungen. Auf dem Boden breiten sich Wasserpfützen aus.
Als Geräuschkulisse panisches Luftholen.
Nahaufnahme. Verkrampfte Hände in strammgezogenen Fesseln. Eine Spritze wird in eine geschwollene Vene gestochen. Die Hände entspannen sich. Die rhythmischen Zuckungen lassen nach, die Wasserpfütze wächst.
Halbtotale. Die zwei Männer in Kampfanzügen bringen die Liege wieder in die Horizontale und rollen sie zur Wand, wo sich eine Schiebetür öffnet. Aus dem dahinterliegenden Raum dringt helles Licht.
Blende.
Halbtotale. Ein strahlend weißer Raum ohne erkennbare Grenze. In der Bildmitte ein orientalischer Teppich, der von Dunstschwaden umgeben ist und zu schweben scheint. Darauf liegen der Gefangene, jetzt nicht mehr gefesselt, sowie eine weitere Person. Beide tragen eine weiße Kandoura.
Im Hintergrund weitere Plattformen mit nackten Bauchtänzerinnen. Als Geräuschkulisse traditionelle arabische Musik.
Nahaufnahme. Der Mann öffnet die Augen. Dreht den Kopf. Betrachtet seine Hände. Schaut sich um. Er beginnt, mit dem neben ihm liegenden Mann zu sprechen.
Zoom in die Halbtotale.
Blende.

Das kleine Haus steht direkt am See. Beige gestrichene Holzfassade. Durch die Fenster sieht man in den lichten Wald. Neben dem Haus ein Stapel Brennholz. Eine Bank. Seitlich führt ein Weg zum See hinab. Ein schmaler Sandstrand, sanfter Wellengang.

Ein Ferienhäuschen am Lake Michigan. Keine Ablenkung, Ruhe und Abgeschiedenheit. Syana weiß noch nicht, wie lang sie hierbleiben wird. Sie hat sich vorgenommen, das Spiel weiterzuentwickeln, die Programmierer in Detroit haben ihr einige wichtige Hinweise gegeben. Außerdem muss sie das ganze Projekt noch einmal grundsätzlich durchdenken und konzeptionell schärfen. An manchen Stellen erscheint es ihr noch nicht radikal genug.

Ist das, woran sie arbeitet, überhaupt noch ein Spiel? Oder schon eine erweiterte Form der Wirklichkeit? Oder beides? Vorerst nennt Syana es einfach »Das Spiel«. Sie sitzt jetzt schon seit mehreren Jahren daran, technisch hat sie es weitgehend im Griff, es fehlen nur noch ein paar Details. Aber da ist noch etwas anderes, das sie bislang daran gehindert hat, das Spiel fertigzustellen: die Angst vor der letzten Konsequenz.

Alternate Reality Games (ARG). Spiele, die in einer Ersatzwirklichkeit verschiedene Realitätsebenen miteinander vermischen und sich dabei nicht auf ein Spielmedium beschränken. Ziel ist die Verschmelzung von Fiktion und Realität. Plötzlich klingelt es in der Telefonzelle, eine Spielanweisung kommt per Post oder per SMS, Schauspieler bringen das Spiel in den Alltag. Alles kann Teil des Spiels werden – eine eigene, alternative Wirklichkeit. Maximierung der *suspension of disbelief*.

Ubiquitous Games. Spiele, die keine zeitliche und räumliche Grenze kennen. Werden immer und überall gespielt. Eines der frühen experimentellen Beispiele ist »Botfighter« aus dem Jahr 2001, ein von der schwedischen Firma It's Alive entwickeltes, Handy-basiertes Spiel. Über eine Website kann man eine virtuelle Spielfigur – einen Roboter, den »Bot« – mit Waffen und Munition ausrüsten. Sobald der Teilnehmer sein Handy anstellt, ist er im Spiel. Also eigentlich immer. Und das Spielfeld ist nicht das Display, sondern der Stadtraum, in dem sich der Spieler aufhält. Sobald ein anderer Spieler sich in der gleichen Funkzelle befindet, müssen entweder per SMS vergebene Aufgaben gemeinsam gelöst oder die online zusammengestellten Waffen gegeneinander eingesetzt werden.

Syana liebt Computerspiele seit ihrer frühen Kindheit. Keine Adventure Games, keine Geschicklichkeitsspiele, sondern Spiele, in denen es ums Töten geht. Von da war es nur ein logischer Schritt, Spiele für das Militär zu entwickeln. Echte Ego-Shooter. Hier boten sich ihr neue technische Möglichkeiten – von dem Reiz, die Grenze zwischen Simulation und Wirklichkeit noch weiter verschwimmen zu lassen, ganz abgesehen. Üben für den Ernstfall, in einer spielerischen Umgebung. Reaktionsgeschwindigkeit, Sozialverhalten, Entscheidungskompetenz. Trainingsspiele bereiten auf die Wirklichkeit vor, statt sie nur nachzuahmen.

Zwei Dinge fand Syana bei den üblichen Ego-Shootern unbefriedigend: die Sinnlosigkeit der Zielsetzung, denn letztendlich ging es bei diesen Schlachten um nichts, und die Vorherbestimmtheit der Handlung. Das Ende war immer absehbar. Syanas totales Spiel soll anders sein, sein Verlauf nicht vorherbestimmt, sein Ziel sinnvoll: die Welt verändern.

Serious Games. Spiele, die bilden, informieren, trainieren oder ein ernsthaftes Problem beheben sollen. Das Ziel besteht darin, die Zeit, Energie, Leidenschaft und Konzentration, die die Spieler zum Lösen von Aufgaben in der Spielwelt aufbringen, für die Bearbeitung von Problemen in der echten Welt zu nutzen. Laut der Game-Designerin Jane McGonigal vom amerikanischen Institute for the Future verändern die Spieler durch die im Spiel gemachten Erfahrungen nachhaltig ihr Verhalten in der Realwelt.
Bei »World Without Oil«, einem Alternate Reality Game aus dem Jahr 2007, stellten sich 1700 Spieler für einen Zeitraum von 32 Wochen vor, sie würden den Beginn einer weltweiten Ölkrise erleben – und mussten ihr Verhalten im echten Leben dem Spielszenario entsprechend ändern. McGonigal zufolge hielten sich die Spieler noch drei Jahre später an die im Spiel gemeinsam entwickelten – und eingeübten – Methoden des Energiesparens.

Syana will mehr, ihr geht es nicht nur um Entertainment und ein bisschen Energiesparen, sondern um politische Veränderungen. Deshalb akzeptiert »Das Spiel« keine Grenzen und lässt sich keinem Genre zuordnen: Es ist das ultimative Serious Game, das so ernst ist, das man in ihm auch töten und getötet werden kann. Nicht virtuell, sondern physisch.

Spielziel: In »Das Spiel« ist der Gegner kein programmierter Agent, sondern ein realer Mensch: die Zielperson. »Das Spiel« soll bei ihr Widerstand wecken und ihr die Möglichkeit geben, sich darin zu üben.

Spielverlauf: »Das Spiel« hat drei Level und endet mit dem Kampf gegen – oder auch mit – einem Endgegner. In jedem

Level verändert sich das Verhältnis zwischen Spieler und Zielperson.

Die Basis von »Das Spiel« sind die totale Überwachung komplexer Vorgänge und manipulative Machtausübung. Der eigentliche Spielvorgang wirkt dabei sehr einfach, fast langweilig, erfordert aber viel Geduld und Feingefühl.

Anmeldung: Der Spieler meldet sich über einen kryptotechnisch gesicherten Server an und gibt auf der Eingabemaske von »Das Spiel« den Namen einer Person ein, mit der er – oder besser: die er – spielen möchte. Zur genauen Identifizierung schickt »Das Spiel« einen Suchagenten durch Melderegister und Sozialversicherungsdateien, stellt Geburtsdaten und Wohnorte zusammen, sucht auf Facebook, Flickr und ähnlichen Seiten nach Bildern. Dann bestätigt der Spieler die Zielperson, und »Das Spiel« beginnt.

Level 1: Das erste Level ist eine Art Tutorial, in dem es um die Kunst der Informationsbeschaffung geht – und um die sich daraus ergebende Kompetenz, Aussagen über das zukünftige Verhalten der jeweiligen Zielperson zu treffen.

Gleichzeitig wird in dieser Vorübung die Basis für die nächsten Level gelegt, denn nur wer umfangreiches Wissen über seine Zielperson besitzt, kann die schwierigeren Level erfolgreich abschließen. Es gilt, Aufenthaltsorte und Bewegungsmuster zu analysieren. Ausgewertet werden: Kontoauszüge, Kreditkartenabfragen, Kundenkarten, Fluggastdaten, Arztbesuche, Vorstrafenregister. Google-Suchanfragen, abgerufene Internetseiten, E-Mails, Ortungsdaten der Handynutzung usw. Es gibt viele Quellen, aus denen die automatisierten Suchagenten Informationen über die Zielperson zusammenstellen können, aber auch interaktive Techniken wie Gesichtserkennungsprogramme. Seit Jahren arbeitet Syana deshalb an der Vernetzung von Datenbanken, hackt Zugangscodes und stellt neue Verknüpfungen her.

Um in die Intimsphäre der Zielperson vorzudringen, ist auch die soziale Kreativität des Spielers gefordert. Er muss Kontakte knüpfen, Menschen treffen, sich ins Umfeld der Zielperson einschleichen. Oder er nimmt die Hilfe anderer Spieler in Anspruch.

Je mehr der Spieler über seine Zielperson weiß, desto vorhersehbarer wird deren Verhalten. Wer sind ihre Freunde? Welche Interessen und Arbeitsgebiete hat sie? Wo geht sie wann was einkaufen? Welche Fernsehprogramme schaut sie sich an? Welche U-Bahn-Linie nutzt sie wann und wohin?

Am Ende des ersten Levels weiß der Spieler, was die Zielperson denkt und fühlt, er kann abschätzen, wie sie auf eine beliebige Situation reagiert, sowohl im Alltag als auch unter Stress. Nun geht es um den Aufstieg ins zweite Level: Wer sich dafür qualifizieren will, muss die wichtigsten Ereignisse im Leben der Zielperson für einen per Zufallsgenerator ausgewählten Tag möglichst genau voraussagen. Eine Jury aus Spielern, die bereits ins höhere Level vorgedrungen sind, trifft dann die Entscheidung, ob die Vorhersagen genau genug waren. Erst dann geht es weiter mit Level 2 – oder zurück auf Los, zur Anmeldung einer neuen Zielperson.

Punkte: Kein Spiel ohne limitierendes Element. Das Abfragen und Verändern von Informationen kostet Punkte, die dem Spieler zunächst nur in begrenzter Zahl zur Verfügung stehen. Nichts ist umsonst.

Man kann aber auch neue Punkte erwerben und so sein Konto im Laufe von »Das Spiel« wieder auffüllen. Informationen sind die Währung von »Das Spiel«. Wer anderen neue Informationen zugänglich macht, bekommt Punkte. Und dazu gibt es verschiedene Wege.

Datenbanken knacken: Technisch versierte Spieler können für andere Datenbanken knacken – von Apple, Google, Facebook oder auch von Krankenkassen, Lebensversicherungen und Partnervermittlungen. Je höher die anderen Spieler die Informationen in diesen Datenbanken bewerten, desto mehr Punkte erhält derjenige, der den Zugang offengelegt hat. Hacker-Tantiemen. »Das Spiel« ist kein Spiel für jedermann.

Informationsdienstleistungen anbieten: Man kann anderen Spielern auch spezielle Datenbeschaffungsdienstleistungen anbieten, die einzeln entlohnt werden. Wie man eine gewünschte Information beschafft – ob im virtuellen Raum oder durch physische Interaktion –, bleibt dem Spieler überlassen. Die Geschichte der Informationsbeschaffung kennt genügend Methoden.

Thomas Ryan, IT-Sicherheitsexperte aus New York, erfand 2010 die Figur Robin Sage: Sage ist fünfundzwanzig Jahre alt, Absolventin des MIT, arbeitet bei der US-Marine im Naval Network Warfare Command in Norfolk, Virginia. Ryan legte bei Facebook, LinkedIn etc. ein Profil für Robin an und kontaktierte unter ihrem Namen über dreihundert verschiedene Menschen. Ausgestattet mit einem Foto, das Ryan von einer Porno-Website heruntergeladen hatte, freundete Robin sich mit verschiedenen Militärs sowie mit Mitarbeitern der NASA, der Homeland Security und amerikanischen Rüstungsunternehmen an. Neben Einladungen zu Vorträgen und Jobangeboten erhielt sie auf diesem Weg E-Mail-Adressen, Kontonummern und private Fotos, auf denen auch geheime Militäreinrichtungen abgebildet waren.

Level 2: Die Kunst der Beeinflussung. Die in Level 1 gesammelten Informationen sind kein Selbstzweck, sondern dienen der proaktiven Kontrolle – das zukünftige Verhalten der Zielperson soll vom Spieler nicht nur vorhergesagt, sondern aktiv gesteuert werden. Anhand der in Level 1 gesammelten Daten erstellt »Das Spiel« ein psychologisches Profil der Zielperson und leitet daraus Aufgaben verschiedener Schwierigkeitsgrade ab. Die Zielperson soll zum Beispiel dazu gebracht werden, Blut zu spenden, einem Mitarbeiter zu kündigen, eine Reise nach Indien zu buchen oder ein neues Auto zu kaufen. Welche Mittel er einsetzen will, um das jeweilige Ziel zu erreichen, steht dem Spieler frei. Er kann gefälschte E-Mails senden, Flugtickets umbuchen, Gesundheitsakten manipulieren, Personaleinträge verändern. Er kann sich aber auch mit gezogener Pistole vor die Haustür der Zielperson stellen.

Für die erfolgreiche Erledigung der Manipulationsaufgaben erhält der Spieler Punkte auf seinem Konto gutgeschrieben.

Level 2 endet, sobald die Zielperson realisiert, dass jemand in ihr Leben eingedrungen ist und mehr und mehr die Kontrolle übernommen hat.

Level 3: Stimulation von Widerstand. Die Zielperson versucht nun, sich gegen die Einflussnahme von außen zu wehren. Sobald dies dem Spieler auffällt – weshalb er regelmäßig die Mails der Zielperson nach entsprechenden Schlüsselbegriffen durchsuchen und die Gespräche mit Freunden und Vertrauten abhören sollte –, bearbeitet er keine von »Das Spiel« gestellten Aufgaben mehr, sondern versucht, die Zielperson unauffällig zu Widerstand anzuregen. Die entscheidende Frage ist nun, ob die Zielperson aufbegehrt oder ob sie sich der Fremdbestimmung fügt.

In *Agonie des Realen* schreibt der französische Philosoph und Medientheoretiker (1929-2007) Jean Baudrillard über die Terroraktionen im Italien der siebziger Jahre: »Handelt es sich bei den Sprengstoffanschlägen in Italien um die Taten linker Extremisten oder um eine Provokation der extremen Rechten oder um eine von der Mitte ausgehende Inszenierung mit der Absicht, die Extremisten in Verruf zu bringen, um damit die eigene angeschlagenen Macht wiederzuerlangen, oder handelt es sich um ein Szenario der Polizei und um eine Erpressung der öffentlichen Sicherheit?«

Die Zielperson meldet das Mobiltelefon ab, nutzt das Internet nicht mehr, geht zur Polizei, beauftragt einen Privatdetektiv, konsultiert einen Anwalt. Für den Spieler wird es immer schwieriger, die Zielperson zu steuern.

Das Ziel besteht aber nicht darin, dass die Zielperson sich der Einflussnahme durch den Spieler entzieht, sondern dass sie durch die Einflussnahme von außen das gesamte gesellschaftliche System – für Syana eine manipulative Kontrollgesellschaft – infrage stellt und schließlich bekämpft.

Der Spieler kann diesen Prozess stimulieren, in dem er gezielte Ein- und Übergriffe vornimmt. Doch wo zieht er dabei die Grenze? Und welches Risiko geht er ein? Ist dieser zum Beispiel bereit, jemanden aus dem engen Umfeld der Zielperson (die Eltern, die Frau, das Kind) zu töten, um so deren Wut zu steigern?

Sofern er diese Manipulationen nicht selbst physisch vornehmen, sondern über die Dienstleistungen und sozialen Netzwerke von »Das Spiel« ausführen lassen will, geht das natürlich nicht ohne den entsprechenden Kontostand. Nichts ist umsonst, auch nicht in »Das Spiel«.

Die Entscheidung, wann Level 3 fertiggespielt ist, trifft

der Spieler. Denn irgendwann droht das Level einen toten Punkt zu erreichen: Je erfolgreicher der Spieler agiert, desto heftiger wehrt sich die Zielperson gegen die Manipulation. Das raubt dem Spieler die Handlungsmöglichkeit, er kann die Zielperson dann nicht länger steuern. Das inhaltliche Ziel von »Das Spiel« wäre damit eigentlich erreicht: Der Widerstandswille der Zielperson wurde geweckt und im Idealfall von ihr erfolgreich eingeübt. Doch das totale Spiel kennt kein Ende, weil es in seiner eigenen Logik liegt, sich wie ein Virus zu verbreiten. Deshalb wartet »Das Spiel« mit einem überraschenden Endgegner auf.

Spielstrategie: In jedem Spiel gibt es unterschiedliche Strategien, mit denen man erfolgreich sein kann. Und natürlich spielt neben Übung auch Glück eine Rolle. Bei »Das Spiel« sind Geduld, Fleiß und der Reichtum an Informationen die entscheidenden Kriterien. Je länger man im ersten Level seine Zielperson beobachtet hat und je minutiöser das Wissen über sie ist, desto schneller kann man im zweiten Level Punkte sammeln. Um dieses Wissen zu erlangen, muss man aber erst einmal Zeit investieren. Oder man spielt auf Risiko und versucht, mit weniger detaillierten Informationen ins zweite Level vorzudringen. Je raffinierter der Spieler beim Erfüllen der Missionen in Level 2 vorgeht, desto weiter zögert er den Beginn von Level 3 hinaus. So ist er in der Lage, wertvolle Punkte zu sammeln – die er in Level 3 gut gebrauchen kann, um mit gezielten Operationen den Widerstandswillen der Zielperson zu stimulieren. Allerdings muss er dann auch länger auf den Höhepunkt von »Das Spiel« warten: die Auseinandersetzung mit dem Endgegner.

Endgegner: Im letzten Schritt von »Das Spiel« offenbart sich der Spieler gegenüber seiner Zielperson und versucht, sie als weiteren Spieler von »Das Spiel« zu gewinnen. Doch wie verhält sich die Zielperson? Wird sie sich am Spieler rächen? Oder selbst zum Spieler werden, um andere zum Widerstand gegen das gesellschaftliche System anzuregen? Ist sie zu diesem Einsatz bereit?

Diese Fragen kann Syana erst beantworten, wenn sie »Das Spiel« wenigstens einmal bis zum Ende durchgespielt hat. Syana beschließt, noch ein paar Tage am See zu bleiben, um eine Entscheidung zu treffen.

Endlich wieder 1WTC. Seinem Chef erzählt Tom, er habe seine Sicherheitsprüfung dem Heimatschutzministerium übergeben und könne nun erst einmal mit dem Serverraum weitermachen. Nachdem er mehr als einen Monat vor allem an dem Verhörzentrum gearbeitet hat, ist das eine richtige Wohltat. Endlich wieder mit den Kollegen sprechen, statt die ganze Zeit alleine im Entwurfsverließ zu hocken.

Seit er die Pläne für Polen fertiggestellt und an Sunner geschickt hat, ist Tom wie ausgewechselt. Er geht abends aus, trifft sich wieder mit Freunden, feiert. In seiner neugewonnenen Freizeit setzt er die Recherchen fort, die er über den Vorgänger des Gebäudes, an dessen Planung er nun beteiligt ist, begonnen hat. Für seinen Entwurf spielen das ursprüngliche World Trade Center und sein Architekt Minoru Yamasaki keine Rolle, aber es interessiert ihn trotzdem, aus reiner Neugier.

Das World Trade Center ist nicht das einzige Gebäude von Yamasaki, das gewaltsam zerstört wurde. Er plante ab 1951 mit Pruitt-Igoe eine Großsiedlung mit 33 elfstöckigen Plattenbauten. Das soziale Wohnungsbauprojekt galt als gescheitert und wurde 1972 gesprengt. Dazu schreibt der amerikanische

Architekt und Architekturtheoretiker Charles Jencks (geboren 1939) in seinem wegweisenden Buch *Die Sprache der postmodernen Architektur* von 1977: »Glücklicherweise lässt sich der Tod der modernen Architektur auf einen genauen Zeitpunkt datieren. [...] Die Moderne starb in St. Louis/Missouri am 15. Juli 1972 um 15.33 Uhr, als die berüchtigte Siedlung Pruitt-Igoe oder vielmehr einige ihrer Hochhäuser den endgültigen Gnadenstoß durch Dynamit erhielten.«

Es ist schon eine komische Geschichte mit Minoru Yamasaki, denkt Tom. Ein Architekt, der berühmt wurde, weil seine beiden wichtigsten Planungen gewaltsam und geplant zerstört wurden. Hat er mit seinen Bauwerken den Geist der Zerstörung gesät? Die Zerstörung der Großsiedlung Pruitt-Igoe steht für das Scheitern der Nachkriegsmoderne. Für welches Scheitern steht das Ende des World Trade Centers? Er zieht einen Text Baudrillards über die Twin Towers aus seiner Schreibtischablage:

»Als Abbild des Systems traten an die Stelle von Obelisk und Pyramide die Lochkarte und die statistische Grafik. Dieser architektonische Grafismus verdeutlicht nun kein konkurrentielles System mehr, sondern ein numerisches und errechenbares, in welchem die Konkurrenz vor den Netzen und dem Monopol kapituliert hat.«

Die Bilder und Sätze beginnen, sich zu drehen, die Fragmente der verschiedenen Quellen, die Tom für die Arbeit am Paradies und für die Recherchen über das alte World Trade Center zusammengesucht hat, vermischen sich und entfalten ein Eigenleben.

Das Telefon klingelt. Es ist der Apparat, auf dem nur Sunner anruft. Tom will nicht abnehmen. Natürlich interessiert es ihn, wie der Versuchslauf in Polen ausgegangen ist. Aber womöglich hat Sunner einen neuen Auftrag? Ein neues Verhörparadies an einem anderen Ort? Darauf hat Tom wirklich keine Lust. Mehr noch: Er hat Angst davor. Es klingelt zum sechsten Mal, Tom zögert immer noch. Schließlich hebt er ab.

»Guten Morgen, Sir.«

»Wie geht's, Tom? Gut? Schön. Wir sollten uns mal wieder treffen. Ich komme übermorgen in dein Büro, um neun Uhr. Okay?«

»Wenn es sein muss«, antwortet Tom, aber Sunner hat schon aufgelegt, ohne Toms Antwort abzuwarten. Tom legt den Hörer neben das Telefon und hört dem Freizeichen nach.

Halbtotale. Die Bar, der Tisch, die drei Männer. Der nachfolgende Dialog in Schuss-Gegenschuss.

Connelly: »Was gibt es Neues, meine Herren? Sunner, wie war es im polnischen Paradies?«

Sunner: »Strukturell erfolgreich. Das Experiment hat gezeigt, dass die neue Verhörmethode funktionieren kann.«

Connelly: »Was soll das heißen: ›Kann funktionieren‹? Funktioniert sie nun oder funktioniert sie nicht?«

Sunner (macht eine Kunstpause): »Das wollte ich ja gerade ausführen. Die Verhörmethode kann funktionieren, wenn das künstliche Paradies besser ausgeführt wird. Bis der Gefangene realisiert hat, in welcher Situation er sich tatsächlich befand, haben wir erste Ergebnisse produziert. Wir haben so-

gar verwertbare Informationen über geplante Anschläge in Europa erhalten. Die Terrornetzwerke stellen sich jetzt neu auf, neue Ziele, neue Strukturen.« Sunner lehnt sich zurück.
Connelly: »Was heißt, ›er hat realisiert, in welcher Situation er sich befand‹?«
Sunner: »Wollen wir nicht erst mal über die Erfolge reden?«
Connelly: »Nein, die kenne ich ja schon.«
Sunner: »Wir hatten für den Verdächtigen eine Art Sparringspartner. Der Gefangene ist nicht alleine aufgewacht, sondern da war noch ein anderer Terrorist. Kein echter Terrorist natürlich, sondern ein Mann von uns. Die beiden sollten sich unterhalten, damit der Gefangene erzählt, was er so geleistet hat und an welchen Aktionen er beteiligt war. Das Problem war nur, dass es sich bei dem Gefangenen um ein hohes Tier handelte und er erkannt hat, dass unser Agent kein echter Al-Qaida-Kämpfer war. Kurzum: Unser Mann wurde enttarnt, weil er irgendwelche Codes nicht kannte. Wir sind auf dem richtigen Weg, müssen uns aber noch verbessern.«
Connelly: »Welche operativen Konsequenzen ziehen wir daraus?«
Sunner: »Wir sollten das Projekt weiterverfolgen. Allerdings nicht in Polen. Dort haben wir keinen Zugriff auf die Ressourcen, die wir zur optimalen Umsetzung benötigen.«
Connelly: »Wo wollen Sie es denn dann machen? In Syrien?«
Sunner: »Nein. Das ist zu unsicher. Wir müssen das in einem Land machen, wo wir selbst alles kontrollieren können. Und das geht nur in einem Land.«

Connelly: »Was wollen Sie denn damit sagen? Sie wollen das doch nicht etwa …«
Sunner: »Doch, genau das will ich.«
Connelly: »Hier in den USA?«
Sunner: »Ja, wir bauen das Verhörzentrum hier bei uns in den USA.«
Halbtotale. Connelly und Laporta schauen ausdruckslos in die Kamera.
Die Kamera schwenkt wieder zu Sunner.
Sunner (pathetisch): »Es ist die falsche Strategie, diese für unser Überleben entscheidende Einrichtung nach außen zu verlagern. Das macht uns doch nur abhängig …«
Laporta: »Und wo in den USA wollen Sie das umsetzen?«
Sunner: »Ich hab da eine Idee.«
Connelly schaut Sunner weiterhin ausdruckslos an.
Sunner: »Es gibt nur einen Ort, an dem diese Einrichtung eine Daseinsberechtigung hat.«
Laporta: »Wie meinen Sie das?«
Halbtotale, gleiche Einstellung wie zu Beginn der Szene. Sunner steht auf und dreht sich zur Kamera.
Sunner: »Wo wurde denn unsere Freiheit angegriffen? Genau da gehört dieses Projekt hin.«
Laporta (springt auf): »Nein, das ist unmöglich.«
Sunner: »Nichts ist unmöglich. Und wir wollen doch zum zehnten Jahrestag der Anschläge zeigen, dass diese Nation ihre Freiheit verteidigen kann. Dass wir nicht nur einen Palast des Welthandels errichten, sondern auch einen der Freiheit und Gerechtigkeit. Einen Palast der Gerechtigkeit, der verhindert, dass die ganze Welt zu Ground Zero wird. Auch wenn das jetzt natürlich noch niemand erfahren

wird, meine Herren, und wir vorerst im Verborgenen arbeiten müssen. Aber der Nachruhm ist uns sicher, kommende Generationen werden das als großen Beitrag zur Verteidigung von Amerikas Freiheit sehen.«

Connelly: »Wir müssen den Krieg gegen den Terrorismus mit aller Kraft weiterführen, da draußen gibt es noch jede Menge Feinde. Unsere Dienste werden alles dafür Notwendige tun. Aber wenn wir den gleichen Ort meinen, Sunner, kann ich Laportas Zweifel verstehen.«

Sunner geht auf und ab, bleibt vor Connelly stehen. Nahaufnahme der beiden Gesichter.

Connelly: »Sie kennen New York besser als wir. Das ist Ihr Revier. Sie wollen also genau ins Herz, oder?«

Sunner: »Ja, so ist es.«

Connelly: »Sie wissen, dass das ein Monstrum wird?«

Sunner: »Das kann man so sehen. Aber das Monstrum wird auch entsprechend effektiv sein.«

Halbtotale. Connelly dreht sich von Sunner weg und postiert sich in Richtung Kamera.

»Prüfen Sie, ob dieser Ort verfügbar ist.«

Die Männer gehen nacheinander aus dem Bild, zurück bleibt der Tisch mit den leergetrunkenen Biergläsern.

Blende.

Halb neun, Tom ist früher im Büro als üblich. Hinter ihm dreht jemand den Schlüssel im Schloss, öffnet von außen die Tür.

Sunner. Er schaut überrascht. »Oh, Tom. Du bist schon da? Guten Morgen.« Sunner grinst.

»Guten Morgen, Sir. Ja, ich wollte noch über ein paar Sachen nachdenken. Möchten Sie einen Kaffee?«

»Nein, danke.«

Sunner lässt seinen Blick durch das Büro streifen, nimmt sich einen Stuhl und setzt sich dicht vor Tom. »Du hast also wieder mit der Arbeit am One World Trade Center begonnen?«

»Dafür bin ich hier ja angestellt.«

»Mhm. Nicht ganz.«

Tom wird nervös. »Nun, Sir, Sie wollten mir doch von Polen erzählen?«

»Ja.« Sunner macht eine lange Pause. Er lässt Tom noch ein wenig zappeln. »Polen. Ja, du hast recht gute Arbeit geleistet. Aber es ist noch nicht das, was ich mir erhofft habe.«

»Wie meinen Sie das?«

»Es ist doch noch nicht das perfekte Kunstwerk.«

Mit betont ruhiger Stimme fragt Tom: »Es hat also nicht funktioniert?«

»Doch, zunächst schon. Alles lief nach Plan. Die Folter, die Medikamente, das Aufwachen. Ich hatte ihm einen Gesprächspartner zur Seite gestellt, einen Spezialisten von uns. Der Gefangene war zunächst orientierungslos, hat angefangen, seinen Körper abzutasten, seine Wunden zu untersuchen. Schließlich hat er angefangen zu beten. Dann hat er sich mit unserem Mann unterhalten. So weit alles wie geplant. Die beiden haben sich also im Paradies erzählt, was sie so vorhatten im Leben. Der Gefangene hat von Anschlägen in Europa berichtet. Sehr interessant. Sie haben eine neue Strategie. Nicht länger Menschen, wie in der Londoner U-Bahn oder im Bahnhof von Madrid, sondern nur noch Infrastrukturen. Gasleitungen, Internetknotenpunkte und solche Dinge. Die wollen unseren Alltag total durcheinanderbringen. Um schmutzige Bomben ging es auch, sie planen, radioaktiven Müll aus Endlagern zu stehlen und in Städten zu verteilen. Die hoffen, dass dann das System zusammenbricht. Der Gefangene hat also einiges erzählt, doch dann ist etwas schiefgegangen, wahrscheinlich lag es an unserem Mann. Aber das musst du eigentlich gar nicht wissen ...«

Sunner steht auf, stellt sich vor die Wand, an die Tom seine Entwurfsskizzen gehängt hat.

»Und, was ist mit dem Mann dann passiert?«

»Unser Mann? Der hat überlebt, wir konnten ihn rechtzeitig in Sicherheit bringen. Oder meinst du den Gefangenen? Na, das Übliche, was sonst? Egal, du siehst, wie wichtig dieses Projekt ist. Wir haben sehr hilfreiche Informationen erhalten.«

Sunner studiert weiterhin die Skizzen, dreht sich um und setzt sich dann wieder vor Tom. »Wir müssen versuchen, die Terroristen so lange wie möglich am Reden zu halten. Dazu müssen sie sich in dem Raum wohl fühlen, dein Entwurf war gut, aber nicht gut genug. Etwas hat ihn verunsichert, irritiert, sonst hätte er nicht so schnell Verdacht geschöpft. Du musst die Architektur verbessern. Also, das Projekt geht weiter, oder besser gesagt: Es fängt jetzt erst richtig an. Wir haben einen neuen Ort, an dem wir weitermachen wollen. Den besten Ort, den es dafür gibt, und du kennst ihn sehr gut.«

Tom versucht, Sunners Blick auszuweichen.

»Tom, das nächste künstliche Paradies bauen wir nicht mehr in Polen.«

»Wo dann? In Guantanamo?«

»Nein, näher, viel näher.«

In den USA? »Sir, ich hatte eigentlich gehofft, dass ich hier jetzt einfach meinen normalen Job machen kann. Immerhin arbeite ich am neuen World Trade Center«

»Tom, hör auf.« Sunners Stimme wird lauter. »Es geht um

die Freiheit unseres Vaterlandes. Nicht darum, was du willst oder nicht willst. Du stehst hier in der Pflicht, du bist Soldat. Beginn mit der Arbeit und denk darüber nach, wie du das Paradies verbessern kannst. Vielleicht war dein Entwurf auch einfach zu weiß und zu abstrakt.«

Sunner steht auf und geht zur Tür. Die Klinke schon in der Hand, dreht er sich noch einmal um.

»Ach so, eines habe ich vergessen. Wir kommen deinem Wunsch natürlich gerne nach. Hast du nicht eben gesagt, dass du weiter am One World Trade Center arbeiten willst?«

Tom wundert sich über den ironischen Tonfall in Sunners Stimme.

»Ja, Sir.«

Der Blick, den Sunner zurückwirft, ist eisig.

»Dann mach das.« Sunner spricht leise, mit einer Pause nach jedem Wort, als würde er zu einem kleinen Kind sprechen. »Das neue Verhörzentrum wird im Keller des One World Trade Center gebaut. Also mach dich an die Arbeit. Denn genau deshalb bist du hier.«

Und damit verschwindet Sunner aus Toms Büro, die Tür leise hinter sich ins Schloss ziehend.

Tom bleibt wie betäubt in seinem Stuhl sitzen. Ein Verhörzentrum im neuen World Trade Center? Auge um Auge, Zahn um Zahn? Alles, nur das nicht.

Am liebsten würde er alles hinschmeißen, er stellt sich vor, wie er Sunner anruft und sagt: »Ich kann nicht. Ich steige aus.« Aber dafür ist es zu spät, er hängt viel zu tief drin. Sunner wird ihn unter Druck setzen, außerdem würde er im Notfall einfach einen anderen Architekten suchen. Aber damit kann Tom sich jetzt nicht rausreden, immerhin hat er die ganze Idee in die Welt gesetzt, auch wenn er inzwischen nicht mehr glaubt, dass sein Verhörzentrum funktionieren wird. Zumindest hofft er, dass es scheitert.

Keine zwei Stunden, nachdem Sunner gegangen ist, steht der Büroleiter von SOM in der Tür. »Kann ich reinkommen?«

»Ja, natürlich. Was kann ich für Sie tun?«

»Ich habe hier einen Brief vom Heimatschutzministerium. Neue Bestimmungen für die Gebäudesicherheit. Wir müssen das jetzt umsetzen. Das Ministerium wird uns dabei beraten. Es gibt neue Zugangsregeln, aber das ist alles streng vertraulich. Selbst ich weiß jetzt nicht mehr, wer welche Informationen hat und wer welche Pläne kennt. Auch die Tür«, der Büroleiter zeigt auf die Tür, die von Toms Büro in den Tresorraum führt, »kriegt ein neues Sicherheitsschloss. Keine Ahnung, ob Sie einen Schlüssel bekommen oder nicht.« Er zuckt ratlos mit den Schultern. »Ich hoffe, das ist für Sie in Ordnung. Aber es geht ja um unsere Sicherheit. Wenn wir nicht wissen, wer welche Informationen hat, kann man es nicht ...« – er sucht nach der richtigen Beschreibung – » ... dann kann man es nicht aus uns herausfoltern.«

Der Büroleiter schluckt, eigentlich wollte er den Begriff Folter vermeiden. Aber so hatte sich der Mann vom Heimatschutzministerium nun mal ausgedrückt.

»Es gibt da eben die Befürchtung, dass Mitarbeiter entführt und dann ausgehorcht werden. Entschuldigen Sie, ich will Sie nicht verunsichern, aber das 1 WTC ist für die innere Sicherheit ein wichtiges Projekt.«

»Ist schon okay.«

Der Büroleiter lächelt Tom verunsichert an. »Wem erzähle ich das. Sie kennen sich mit diesen Dingen ja besser aus als ich.« Er deutet einen Gruß an, wendet sich zum Gehen, hält inne. »Ach, noch was.«

»Ja?« Tom ist auf das Schlimmste gefasst. Immerhin zieht Sunner im Hintergrund die Fäden, krempelt die Organisation des Büros um, schafft Freiraum für die Planung des Verhörparadieses.

»Wir haben für die Ausführung der Sicherheitsbereiche in den Kellergeschossen ein neues Bauunternehmen engagiert.«

»Aha.« Tom ist erleichtert. »Wer ist denn der Ansprechpartner?«

»Weiß ich nicht. Er wird sich direkt bei Ihnen melden. Ich habe ihm Ihre Nummer gegeben.«

»Gut. Dann gebe ich Ihnen Bescheid, sobald die sich melden.«

»Außerdem brauchen wir einen neuen Personensicherheitsraum. Können Sie das irgendwie mit dem Serverraum zusammenbringen?« Der Büroleiter ist plötzlich in Eile. »Also, wenn es Ihrerseits sonst keine Fragen gibt ...«

Tom hat noch Fragen, aber die wird sein Chef nicht beantworten können. Wahrscheinlich weiß er gar nichts von Sunners Plänen.

»Nein, alles klar. Aber wenn mir noch was einfällt, ruf ich an. Sehen wir uns in der Mittagspause?«

Der Büroleiter lächelt und nickt Tom zu. »Ja, bis später.«

Tom wendet sich wieder der Zeichnung auf seinem Bildschirm zu. Welches Bauunternehmen seine Planung ausführt, ist ihm ziemlich egal. Obwohl ... Er schnellt hoch, dem Büroleiter hinterher. Der ist gerade am Ende des Flurs angelangt.

»Welches Bauunternehmen ist es denn?«

Der Büroleiter dreht sich um: »Ach ja, stimmt. Construction Works International.«

Also doch. Mit Construction Works hat Tom schon im Irak zusammengearbeitet. Ein Unternehmen im Dunstkreis der Sicherheitsfirma Xe, besser bekannt unter ihrem vormaligen Namen Blackwater. Sicherheitsarchitekturen, Bunker, Gefängnisanlagen. Der ideale Partner für den Bau des Verhörparadieses, skrupellos und hocheffizient.

Sunner hat sich ein perfektes System ausgedacht. Lückenlose Tarnung. Ein Architekt, der direkt bei SOM sitzt. Dieselbe Baufirma wie im Irak. Und jetzt auch noch das neue Sicherheitssystem. Keine Spuren.

Tom schüttelt fassungslos den Kopf. Das Highlight des alten World Trade Centers war das Restaurant Windows on the World. Jennifer hat den Ort gemocht. Und ausgerechnet im Keller des Nachfolgebaus soll er ein Foltergefängnis bauen, das sich als Paradies tarnt? Folter statt Fenster auf die Welt. Kein Wunder, dass sie nichts von ihm wissen wollte.

Für Sunner kommt es auf ein paar Tote mehr oder weniger nicht an. Mit dem Paradies werden weitere Leichen dazukommen, denn jeder, der die Verhöreinrichtung im Keller des 1 WTC betritt, wird sterben. Das Paradies ist eine Todeszelle, das Tor zur Hölle. Und für Sunner hat das etwas mit Freiheit zu tun.

Halbtotale. Das Hinterzimmer, der Tisch, die drei Männer.

Die Kamera zoomt heran.

Detailaufnahme Connelly.

Connelly: »Meine Herren, was gibt es für Fortschritte?«

Die Kamera schwenkt langsam zu Sunner.

Sunner: »Ich danke Ihnen noch einmal für Ihre Unterstützung. Insbesondere bei der Auswahl des Ortes. Ich bin mir sicher, auch der Präsident wird, wenn er davon erfährt, begeistert sein.«

Connelly: »Das werden wir sehen. Aber nun bitte die konkreten Schritte.«

Halbtotale. Der Tisch mit den drei Männern. Lange Einstellung.

Sunner: »Ich habe mit den Verantwortlichen bei der Port Authority gesprochen. Sie sind die Bauherren für das neue World Trade Center, sie werden also auch die Tiefbauarbeiten beaufsichtigen. Mein direkter Ansprechpartner bei der Port Authority ist der Zuständige für Sicherheitsfragen. Ich kenne ihn sehr lange, in Yale waren wir im selben Jahrgang und außerdem Bonesmen. Er ist mit dem Projekt einverstanden. Besser noch: Er ist begeistert. Die gegenwärtigen Entwicklungen an Ground Zero gefallen ihm nämlich gar nicht. Schon der neue Name stört ihn.«

Zoom auf Sunner.

Sunner: »Und jetzt wollen die auch noch eine Moschee in der Nähe bauen. Auch darüber ist mein Freund zutiefst empört. Dass nach den Terroranschlägen unsere Gefühle auf diese Weise mit Füßen getreten werden. Von der Sicherheit mal ganz zu schweigen. Aber unser Projekt wird die Würde des Ortes wiederherstellen. Direkt an Ground Zero wird es Amerikas Freiheit verteidigen. Deshalb will er das Vorhaben voll unterstützen.«

Halbtotale. Die beiden anderen Männer nicken bedächtig.

Der nachfolgende Dialog in Schuss-Gegenschuss.

Connelly: »Haben Sie mit Ihrem Verbindungsmann auch das weitere praktische Vorgehen geklärt?«

Sunner: »Ja. Wir können sofort anfangen und das Verhörzentrum noch vor Fertigstellung des Gebäudes in Betrieb nehmen. Mit dem Architekturbüro ist abgesprochen, dass ein zusätzlicher Personensicherheitsraum eingerichtet werden muss. Das bearbeitet der Mann, der von uns dort installiert wurde. Er

plant die nötigen Ein- und Ausbauten. Mit der Ausführung wurde ein Unternehmen betraut, mit dem ich seit Jahren eine sehr vertrauensvolle Verbindung pflege. Wir sollten uns aber auch um die anderen technischen Aspekte kümmern, medizinische Ausstattung, Sicherheitstechnik und diese Dinge.«
Connelly nickt zufrieden und wendet sich Laporta zu: »Welche Neuigkeiten gibt es bei Ihnen?«
Laporta schüttelt den Kopf.
Connelly: »Nichts. Gut. Sonst noch etwas?«
Keiner der beiden anderen antwortet. Dann blickt Sunner noch einmal fragend zu Connelly.
Connelly: »Was gibt es noch, Sunner?«
Sunner: »Das Paradies, es kostet Geld. Haben wir Zugriff auf Finanzmittel?«
Connelly: »Zur Vorbereitung haben wir Mittel innerhalb der Kategorie C. Das sollte erst einmal reichen. Wenn die Entwürfe für den Ausbau vorliegen, kann ich Finanzmittel der Kategorie A+ freigeben. Und das reicht, um eine neue Rakete zu entwickeln oder eine Schulklasse auf den Mond zu schicken. Wir können also aus dem Vollen schöpfen.«
Connelly erhebt sich und tritt vor den Tisch. Er stellt die Beine schulterbreit auf, hebt seine Hände auf Höhe des Bauchnabels, spreizt die Finger und führt sie an den Fingerspitzen zueinander. Er senkt das Kinn und blickt in die Kamera.
Großaufnahme.
Connelly: »Wie wir alle wissen, wird die wahre Freiheit immer auch im Verborgenen verteidigt.« Die Kamera verharrt noch einige Sekunden auf Connellys Gesicht.
Blende.

Bevor Tom seinen Entwurf überarbeitet, macht er sich auf die Suche nach möglichen Fehlern beim Testaufbau in Polen. Schritt für Schritt analysiert er den Entstehungsprozess. Welche Maßnahmen haben zu welchem Ergebnis geführt? Er erstellt Ereignisbäume, durchdenkt verschiedene Szenarien, leitet Handlungsmodelle ab. Am Ende der Analyse liegen für ihn drei mögliche Gründe für das Scheitern auf der Hand.

Das Konzept »Schwarze Folterwelt vs. weißes Paradies« funktioniert nicht. Aber das lässt sich anhand einer einzigen Versuchsperson nicht überprüfen. Dazu müssten weitere Testreihen stattfinden. Schließlich hat der Versuch ja zumindest zu Beginn den erwünschten Verlauf genommen.

Noch wahrscheinlicher erscheint, dass die bauliche Ausführung in ihren Details nicht genügend durchgearbeitet war. Die Räume waren zu klein. Die Kuppel nicht perfekt. Die Wolke sollte naturgetreuer imitiert werden. Vielleicht müsste auch die Medikamentierung der Probanden anders eingestellt werden. Alles technische Probleme, die sich in der nächsten Bearbeitungsphase beheben ließen. In beiden Fällen wäre es aus Sicht des Auftraggebers sinnvoll, das Projekt fortzuführen, die Abläufe weiter zu verfeinern und das Verhalten der Testpersonen zu beobachten.

Für Tom gibt es aber noch eine andere Schlussfolgerung: Der Fehler ist grundsätzlicher Natur.

Tom hat sich in der Armee immer wohl gefühlt, weil dort jeder wusste, was richtig und was falsch war. Keine Fehler zu machen war einfach, weil es die einzige Option war.

»Why not?«, antwortete Philippe Petit, Hochseilartist, nachdem er am 7. August 1974 auf einem Seil balanciert war, das er in 417 Metern Höhe zwischen den damals noch nicht fertiggestellten Türmen des World Trade Centers gespannt hatte.

Vierzig Minuten Performance über dem tödlichen Abgrund. »Why not?«

Die Hebel der Maschinerie sind in Bewegung gesetzt, Entscheidungen getroffen, Gelder freigegeben. Zuständigkeiten, Informationsflüsse und Sicherheitsstrukturen um eine Lücke herum organisiert, in die unbeobachtet das Verhörzentrum eingefügt werden soll. Tom ist klar, dass er eigentlich keinen Handlungsspielraum hat. Die Dinge nehmen ihren Lauf, er ist ein kleines Zahnrad im Getriebe. Aber Tom ist entspannt, die Fehleranalyse hat ihm einen unerwarteten Ausweg aufgezeigt. Sein minimalistischer Entwurf ist ambitioniert, und, rein architektonisch gesehen, auch gar nicht schlecht. Sunners Ergänzung, einen zweiten Mann als Gesprächspartner neben den Gefangenen zu setzen, ist auch ziemlich gut. Vielleicht könnte das Ganze sogar aufgehen, für einige wenige Momente – je nachdem wie gut die Drogen wirken – könnte der Gefangene tatsächlich glauben, er sei im Paradies oder stünde zumindest kurz davor. Aber lange wird diese Phase nicht anhalten, denn das ganze Projekt hat einen entscheidenden Denkfehler. Und der ist Sunner nicht aufgefallen, weil er in seinen eigenen Vorstellungen gefangen ist. Und genau dieser Denkfehler könnte die Lösung sein.

Tom will das Verhörzentrum genau so entwerfen, wie Sunner es sich erträumt. Er soll *sein* Paradies bekommen, das Paradies, in dem Sunner am liebsten selbst einmal gefoltert werden würde. Er soll gefälligst einen Steifen kriegen, wenn er sich die Pläne ansieht und sich dabei vorstellt, all die CIA-Prostituierten zu vögeln, die Tom ihm in die Zeichnungen collagiert. Postmoderner Kitsch, das maximale Klischee. Ein künstliches Paradies mit eingebautem Puff, ein Architektursurrogat wie das Venetian, nur eben auf Alhambra getrimmt, mit bauchtanzenden Huris statt klimpernder Spielautomaten. Besser als Las Vegas.

The Venetian Hotel Resort Casino. Luxus Hotel in Las Vegas. 1999 eröffnete Nachbildung von Venedig. Neben über viertausend Hotelzimmern und einem elftausend Quadratmeter großen Kasino gibt es im Venetian eine Nachbildung der Rialto-Brücke und einen künstlichen Canale Grande, auf dem von Gondolieri gelenkte Boote fahren. Der Sonnenuntergang kann simuliert werden, und auch die Kunst hat ihren Platz in der künstlichen Welt: Am 7. Oktober 2001 eröffnete Guggenheim in Kooperation mit der Hermitage Sankt Petersburg eine Außenstelle im Venetian, Schwerpunkte der Dependance in der Kasino-Metropole waren Impressionismus und frühe Moderne. Sie wurde 2008 wieder geschlossen.
2003 erweitert man das Venetian, ein neuer Turm bietet tausend weitere Betten. Wegen des großen Erfolgs in Las Vegas gibt es seit 2007 ein asiatisches Venetian in Macao.

Tom geht ans Regal und sucht die Unterlagen über islamische Architektur, die er vor dem Entwurf der polnischen Kuppel zusammengestellt hat: Ausschnitte aus alten Gedichten, Reiseberichte aus dem 19. Jahrhundert, Gemälde von Orientreisenden. Und Fotos und Pläne islamischer Architektur,

Die Große Moschee in Cordoba.
Madrasa az-Zahiriyya in Damaskus.
Die Madrasa bei der Masgig-i Gami in Isfahan.
Die Hagia Sophia in Istanbul.
Der Felsendom in Jerusalem.
Die Moschee des Ahmad ibn Tulun und das Grab des al-Mansur Qalawun in Kairo.
Die Koutoubia-Moschee in Marrakesch.

Tom zeichnet wie ein Verrückter. Er überlagert die Alhambra mit dem Venetian, montiert Ausschnitte aus *Elle Decoration* mit Nacktfotos aus dem *Playboy*.

Er entwirft silberne Tabletts, Schalen und Trinkgefäße, in denen den Gefangenen Erfrischungen serviert werden, sammelt Rezepte für Speisen, die professionelle Köche zubereiten sollen, benennt Düfte, mit denen Kissen und Gewänder parfümiert werden könnten: Rose, Jasmin, Aprikose. In einem begleitenden Text erklärt er ausführlich, warum unbedingt zweiundsiebzig Prostituierte in dem Folterzentrum arbeiten müssen, dass die CIA diese in Verhörtechniken schulen solle und dass sichergestellt werden müsse, dass es sich auch wirklich um hervorragende Bauchtänzerinnen handelt. Eine Liste mit Möbeln und Ausstattungsgegenständen, die Sunner baldmöglichst für eine Bemusterung bestellen soll, fügt er auch bei: ein Whirlpool, roter Samt, Kissen und Teppiche, Milch, Honig und Wein, Seide.

Halbtotale. Die Bar, der Tisch, die drei Männer sind über einen Stapel Zeichnungen gebeugt.
Detailaufnahme Sunner.
Sunner: »Also, das sind die Pläne. Es ist ein richtiges Kunstwerk geworden. Von uns aus kann es losgehen. Unser Architekt macht jetzt Detailentwürfe für die Einrichtung und stellt schon ein paar Möbel in die Räume, damit wir uns das besser vorstellen können. Die medizinische Abteilung hat sich dazu einiges ausgedacht, oder Laporta?«
Laporta: »Oh ja. Wenn die Zielperson aus der Narkose erwacht, wird sie sich wie neugeboren fühlen, oder wie gerade vom Tode auferstanden. Aber an die Hölle, die sie durchgemacht hat, wird sie sich noch

erinnern. Wir haben in einer Versuchsreihe die Wechselwirkungen zwischen Waterboarding, Elektroschocks und Narkotika verfeinert. Malariamedikamente wie Mefloquin haben sehr interessante Nebenwirkungen: Angst, Psychosen, Depressionen. Aber wir haben auch noch andere Sachen in petto. Schließlich konnten wir in Guantanamo so einiges ausprobieren. Anschließend gibt es zur Wiederherstellung Lichttherapie, musikalische Tiefenbeschallung und olfaktorische Manipulation.«

Sunner: »Im Stockwerk unter dem Raum mit den klassischen Verhörinstrumenten befindet sich der Aufwachraum. Es sieht aus wie in einem arabischen Hamam, die Wände und Böden sind mit wunderschönen Kacheln verkleidet, von der Decke hängen Kronleuchter, und die kleinen Alkoven sind mit seidenen Kissen ausgelegt. Es gibt arabische Musik, und vor allem gibt es viele Wasserbecken, kleine Whirlpools sind in den Boden eingelassen. Und in den Pools, was gibt es da wohl?«

Halbtotale. Die Männer lächeln wissend.

Sunner: »Genau. Frauen. Über siebzig Jungfrauen. Wie sie es von ihren Muftis versprochen bekommen haben. Und Bauchtänzerinnen, mit Schmuck, der auf der nackten Haut klimpert. Da stehen die doch drauf.«

Die drei Männer lachen.

Sunner: »Die Frauen sind Profis von der CIA. Das sind die Besten.«

Sunner zeigt die Zeichnungen und Collagen.

Im Pool schwimmen zwei nackte Frauen und küssen sich. Am Beckenrand sitzt eine Frau, die Beine gespreizt, sie befriedigt sich selbst. Vor einer Tür

kniet eine Frau vor einem bärtigen Mann, seinen Schwanz im Mund.
Die Männer reichen einander die Bilder und schmunzeln.
Blende.

4.

»Darf man nur bauen, was dank seines herausragenden Charakters auch wert wäre, zerstört zu werden?«
Jean Baudrillard, 28. Januar 2002

Mikael ist auf dem Weg zum Flughafen, um Syana abzuholen. In den letzten Wochen hat er viel Zeit mit Jennifer verbracht und New York erkundet. Die Stadt kennt er jetzt fast wie seine Westentasche. Für die verschiedenen Szenen des Films hat er ein detailliertes Drehbuch geschrieben. Weil er ohne Syana nicht mit den Dreharbeiten beginnen konnte, reiste er in den Süden der USA. Erst nach Texas, um sich in Marfa die Chinati Foundation anzusehen, dann an die mexikanische Grenze. Dort informierte er sich über den Grenzzaun und die dort eingesetzte Überwachungstechnik: Nachtsichtgeräte, Wärmekameras, das ganze Arsenal des Grenzschutzes.

Am Fenster der U-Bahn ziehen Einfamilienhäuser vorbei, dann ein großer Friedhof. Noch fünf Stationen.

Hat er Syana vermisst? Ist er in sie verliebt? Eine kluge und sehr schöne Frau. Aber verliebt? Nein.

Jamaica Station. Umsteigen in den Airtrain. Wieder warten.

Und Jennifer? Da würde verliebt eher passen, aber das mit Syana, das ist was anderes. Mikael stellt sie sich vor, wie sie redet, verführerisch lächelt, näherkommt. Er kriegt Lust, wenn er nur an sie denkt. Es ist nicht nur ihre Schönheit. Syana hat etwas Geheimnisvolles, das ihn erregt, ihm aber auch Angst macht. Eigentlich weiß er immer noch so gut wie gar nichts über sie. Privates, Berufliches, das aktuelle Projekt, alles bleibt im Ungefähren. Irgendetwas verbirgt sie vor ihm, und das zieht ihn an.

Der Airtrain erreicht Terminal 3, Mikael steigt aus. Wieder eine Überführung, ein schmaler Fußweg entlang der Straße, dann der Eingang des Delta-Terminals. Syanas Flug hat zwanzig Minuten Verspätung.

Mikael sieht sich um, entdeckt Schläuche und Plastikplanen, die sich unter der Decke entlangziehen, von den Check-in-Schaltern über die Restaurantzone hinweg in die Bereiche hinein, zu denen Besucher keinen Zutritt haben. Sieht fast aus wie eine Kunstinstallation. Mikael fragt einen der Sicherheitsleute, was es mit den Schläuchen auf sich hat.

»Die Decke ist undicht.« Das Wasser wird in den unter der Decke hängenden Planen aufgefangen und durch die Schläuche abgeleitet. Intervention in eine kaputte Infrastruktur. Auch eine Form von Kunst.

Der Flug von Detroit nach New York verläuft unerwartet ruhig. Keine Turbulenzen, kein Gewitter. Durch das Fenster kann Syana die Felder sehen, die Wälder, dann endlich das Meer, schließlich, beim Anflug auf JFK, im Hintergrund die Skyline von Manhattan.

Syana freut sich auf Mikael. Sie hat sich ähnlich angezogen wie an dem Tag, als sie Mikael abgeholt hat. Wieder die bestickte Bluse, wieder die Schuhe mit den goldenen Riemen. Dazu allerdings einen kurzen Rock. Als sie durch die letzte Absperrung geht, sieht sie ihn in der Mitte der Wartehalle stehen, den Kopf im Nacken, den Blick auf die Decke gerichtet. Was für ein Träumer. Syana muss lachen.

Mikael atmet Syanas vertrauten Geruch ein. Sie hat ihm gefehlt, trotz Jennifer. Die Szenen wiederholen sich. Die Fahrt zurück mit der U-Bahn. Der Fußweg zu Syanas Apartment.

Der Fahrstuhl mit der kleinen Überwachungskamera an der Decke. Wieder bringt Syana den Aufzug mit einem Knopfdruck zum Halten. Sie greift ihm in die Hose, er zieht ihren Rock nach oben. Jemand flucht, dass der Fahrstuhl schon wieder feststeckt. Eine Viertelstunde später sind die beiden in Syanas Apartment.

Mikael betrachtet Syana, die nackt neben ihm liegt. Im Spiegel, der an der Wand lehnt, sieht er, wie sich ihre Brüste bei jedem Atemzug heben und senken. Sein Blick tastet ihre dunklen Brustwarzen ab und folgt der dünnen Haarlinie von ihrem Bauchnabel bis zum Schritt. Mikael weiß, dass Syana schon wach ist und sich nur schlafend stellt. Er sieht sie blinzeln. Mikael legt sich wieder hin, ohne Syana in den Arm zu nehmen.

Als Syana aufwacht, spürt sie Mikaels Blick auf ihrem nackten Körper. Ein Blick, der sucht, prüft und abwägt. Syana stellt sich schlafend, lässt ihre Augen geschlossen. Öffnet die Lider nur ein ganz klein wenig. Schaut aus dem Fenster in den Himmel. Sieht die Wolken vorbeiziehen, am liebsten würde sie das Laken bis über die Schultern hochziehen, aber dann wüsste Mikael, dass sie wach ist. Sie will noch eine Weile in Ruhe die Wolken anschauen. Etwas ist anders als sonst.

»Sag mal«, ruft Syana, als Mikael aus der Dusche kommt, »warum warst du eigentlich gar nicht hier, als ich weg war?«

»Was meinst du?«

»Wenn ich hier bin, schläfst du fast jede Nacht bei mir. Und als ich das letzte Mal weg war, hast du auch hier gewohnt. Aber jetzt hast du in über zwei Monaten keine einzige Nacht in der Wohnung verbracht!«

»Wie kommst du denn darauf? Hast du dir mal eben alle Videos angekuckt?«

Syana muss lachen. »Nein, dafür hab ich ein Gesichtserkennungsprogramm. Das scannt alle Personen, die hier ein und aus gehen. Aber dein Gesicht ist nicht mal im Fahrstuhl aufgetaucht. Bis vorhin.« Syana grinst.

Mikael weiß, das lügen zwecklos wäre. Er war nicht hier. Kein einziges Mal. In seinem Atelier hat er sein Material für den Film, und außerdem kann er dort Zeit mit Jennifer verbringen – ohne Kameras.

»Warum antwortest du denn nicht?«

»Was soll ich denn da antworten. Ja, ich war nicht hier, sondern in meinem Studio.«

»Und, viel gearbeitet?« Syana spürt, dass Mikael ihr etwas verheimlicht.

»Klar, ich hab an meinem Projekt gesessen. Außerdem war ich im Süden, in Texas und an der mexikanischen Grenze.«

»Und?«

»Was und?«

»Na dein Projekt?«

»Wie wir es besprochen haben. Der Film. Die verschiedenen Drehorte.«

»Gibt's inzwischen einen Plot?«

»Nicht wirklich. Der Film wird eher minimalistisch-konzeptionell. Eine Frau rennt durch New York und ruft immer wieder ›Show you are not afraid.‹ Ich glaube, das kommt ganz gut. Prada Store, UN-Gebäude und so weiter, das wird ganz spannend. Die gleiche Performance, aber immer in einem anderen Kontext. Na ja, und dann mal schauen, wie die Passanten und Offiziellen an den Orten reagieren. Es ist eben ein Experiment.«

Syana hakt nach. »Und, wer spielt sie?«

»Wen?«

»Na, deine Hauptfigur?«

»Ach so, ja. Jennifer. Die kennst du nicht. Noch nicht. Aber du wirst sie kennenlernen, wenn wir den ersten Dreh haben, irgendwann in den nächsten Tagen.«

»Wie wär's mit morgen? Hat deine Jennifer dann Zeit? Wir machen den ersten Take gleich am UN-Gebäude, oder? Ich bin schon gespannt. Auf deinen Film und auf diese Jennifer.«

Mikael zieht sich an, Syana liegt noch im Bett.

»Was willst du mit deinem Film eigentlich erreichen? Ich meine, Videoüberwachung ist doch nicht alles. Bei Überwachung geht es heute um die Spuren, die man im Alltag hinterlässt. Deine digitalen Spuren ergeben ein viel schärferes Profil als Videoaufnahmen. Das kannst du in einem Film überhaupt nicht darstellen.«

»Natürlich ist das nur symbolisch, aber wenn wir zeigen, dass wir in einer Sicherheitsdiktatur leben, dann … dann ist doch auch schon viel erreicht. Man muss eben auf bestimmte Themen aufmerksam machen und die alltägliche Wahrnehmung verschieben.«

»Du bist ja schnell zufrieden.« Syana grinst, spöttisch und wohlwollend zugleich.

»Und wie willst du sonst was bewegen? Etwa mit einem Spiel?«

»Klar. Und mit der Macht der Realität. In meinem Spiel geht es nämlich um Realität. Bei dir nur um Fiktion. Das ist der Unterschied.«

Mikael zeigt auf die verschiedenen Spielkonsolen, die in Syanas Regalen herumliegen. »Das ist Realität?«

»Ja, für die Menschen, die spielen, ist das Realität. Genauso wie die Welt da draußen, das Leben auf der Straße, das du abfilmst. Nur dass du diese Realität in ein Kunstwerk sperrst, das man sich am Ende in einer Ausstellung ansehen kann. So what? Was bewirkst du denn damit außerhalb des Kunstsystems? Dass du noch ein Stipendium bekommst? Toll für dich. Dass vielleicht ein Sammler deine Arbeiten kauft? Glückwunsch. Aber das verändert doch nichts. Durch Kunst änderst du nichts, sondern stabilisierst nur die bestehenden Verhältnisse.« Syana schaut Mikael auffordernd an. »Ich will die Realität verändern. Action, Action, Action. Nur so erreichst du Veränderung! Widerstand beginnt, wenn die Überwachten sich gegen die Überwachung auflehnen.«

»Und das willst du ausgerechnet mit einem Spiel erreichen?«

»Ja, am Anfang ist es ein Spiel. Dann überschreitet es eine Grenze und wird Wirklichkeit. Egal. Du wirst schon sehen. Früher, als du denkst.« Syana steht auf und nimmt Mikael in den Arm, zärtlich streichelt sie seinen Oberkörper.

»Spielst du eigentlich auch mit mir?«

»Ach Mikael.« Syana gibt ihm einen Kuss. »Du bist niedlich. Natürlich spiele ich mit dir …« Syana lächelt. »Am liebsten Fesselspiele.«

Ihre Hände tasten sich zum Reißverschluss seiner Hose vor.

Schon am Nachmittag beginnen Mikael und Syana mit den Vorbereitungen für den Dreh. Die erste Szene will Mikael direkt vor dem Trump World Tower drehen, damit im Hintergrund die berühmte Hochhausscheibe der Vereinten Nationen auftaucht. Erst die zweite Szene soll mit einer der Kameras aufgenommen werden, die den Eingang des UN-Komplexes überwachen. Syana scannt die Kameras der Gegend, um die zu identifizieren, die ihre Bilder per Funk übertragen. Alles ist bereit, am nächsten Morgen wollen sie anfangen.

Pünktlich um neun erscheint Jennifer vor dem Eingang des UN-Gebäudes. Syana sitzt mit dem elektronischen Equipment in ihrem Auto, das sie wenige Meter entfernt geparkt hat. Von dort kann sie alle Daten auf einen Server außerhalb der USA überspielen.

Syana begutachtet Jennifer aus der Ferne. Nicht schlecht. Ein bisschen bieder, aber trotzdem sexy. Sie sieht, wie die beiden sich zulächeln. Die zärtlichen Gesten versetzen ihr einen kleinen Stich. Dabei war die Geschichte mit Mikael doch eigentlich nur als kleiner Zeitvertreib gedacht. Gute Gespräche und guter Sex. Und Teil der Strategie.

Jennifer posiert vor der Kamera, damit Syana die Technik überprüfen kann. Das schnurlose Mikrofon funktioniert, die Bildqualität ist gut. Es geht los.

Der Blick der Überwachung. Weitwinkel von oben. Digitale Bilder in schlechter Auflösung, schwarz-weiß.
Am unteren Bildrand eine Textzeile, links steht »Main Entrance«, rechts die Uhrzeit und das Datum. Das Bild zeigt einen Bürgersteig und einen Teil der Straße. Im Hintergrund eine Hochhausscheibe (das UN-Hauptquartier in New York).
Eine Frau von hinten. Lange blonde Haare, enge Jeans und ein dünnes weißes T-Shirt. Jennifer. Sie geht den Bürgersteig entlang, bleibt stehen, ein Bein gestreckt, das andere leicht angewinkelt. Die Hände an den Hüften. Sie dreht sich um, läuft so nah wie möglich auf die Kamera zu. Man erkennt, dass sie die Wimpern getuscht hat und Lippenstift trägt.
Jennifer flüstert: »Show you are not afraid.«

Jennifer entfernt sich wieder von der Kamera, bleibt noch einmal an der gleichen Stelle stehen wie zu Beginn der Szene. Stellt nochmals ihre Hüfte aus.

Dann geht sie weiter, bis sie aus dem Bild verschwindet, kommt dann jedoch plötzlich seitlich ins Bild gerannt, bleibt einen Meter vor der Kamera stehen.

Jennifer schreit: »Go shopping! Go shopping! Go shopping!«

Sie geht wieder aus dem Bild.

Blende.

Mikael öffnet die Beifahrertür und setzt sich neben Syana. Sie sehen sich den ersten Take auf dem Laptop an. Syana ist zufrieden. Das Bild ist gut, die Tonqualität auch. Mikael ist begeistert. Genau so hat er sich Jennifer vorgestellt. Ihr Auftritt erinnert ihn an die Bilder von Gudrun Ensslin, die er aus seiner Kindheit kennt. Schön, unschuldig. Wie ein Engel. Und dann doch Gewalt, Aggression, Hass.

Die zweite Szene spielt vor dem Haupteingang des UN-Gebäudes, des Ortes, wo die UN-Versammlung über Hilfsleistungen und Sanktionen debattiert und der Sicherheitsrat Resolutionen zu militärischen Interventionen verabschiedet. Syana startet den Wagen und fährt zu einem Parkplatz, der gerade noch im Sendebereich des UN-Funknetzes liegt.

Jennifer läuft vor dem Wärterhäuschen auf und ab, wartet auf Mikaels Anweisung. Am liebsten würde Mikael schon dieses Auf- und Ablaufen filmen, aber Syana findet keine stabile Netzwerkverbindung.

»Ich komme nicht rein. Immer wenn ich eine der Kameras kriege, fängt das Bild an zu ruckeln und ich fliege wieder raus. Scheiße.«

»Hey, jetzt gib nicht auf. Vorhin hat's doch auch geklappt.«

Syana wirft Mikael einen genervten Blick zu. »Wenn wir hierbleiben, ärgere ich mich nur. Wir müssen das verschieben. Was für Orte hast du hier in der Gegend denn noch so auf deiner Liste?«

»Ne, lass uns lieber einen Weg finden, wie wir doch noch an die Kameras rankommen.« Er zeigt auf die vier Kameras, die den Eingangsbereich des UN-Gebäudes überwachen. »Vier Perspektiven. Ich sehe die Szene schon genau vor mir, die brauchen wir unbedingt.«

Syana lenkt ein. »Auch gut. Wenn du nett zu mir bist, schaffe ich das vielleicht schon bis morgen.« Sie lächelt Mikael vielsagend an. »Was machst du heute Abend?«

Eigentlich ist er mit Jennifer verabredet. »Weiß ich noch nicht. Vielleicht mit Jennifer die nächsten Szenen durchgehen. Ich melde mich, okay?«

Syana blickt Mikael ausdruckslos an. Er wartet noch zwei Sekunden auf eine Reaktion, aber Syana verzieht keine Miene.

»Aber auf jeden Fall morgen zum Frühstück, einverstanden?«, fragt er vorsichtig.

»Gut. Vielleicht bis später, ich melde mich, falls ich was herausfinde«, antwortet Syana. Sie zieht Mikaels Kopf zu sich heran und küsst ihn schnell auf die geschlossenen Lippen. »Pass auf«, ruft sie ihm hinterher, als er aus dem Auto steigt.

Jennifer läuft noch immer vor dem Eingang auf und ab.

»Wir können die Szene heute nicht machen. Syana kommt nicht an die Kameradaten ran.«

»Schade, gerade hat es angefangen, richtig Spaß zu machen.«

»Ja, du warst großartig. Wie du in die Kamera geschrien hast – Wahnsinn.«

»Danke.« Jennifer hakt sich bei Mikael unter. »Wer ist eigentlich Syana?«

»Eine Freundin.«

»Was für eine Freundin?«

Jennifer schaut ihn fragend an, entscheidet sich dann aber, nicht weiter zu bohren. Besser, er sagt nichts, als Dinge, die sie nicht hören will.

»Wollen wir was essen gehen?«, fragt Mikael. »Oder hast du heute noch was vor?«

Jennifer tut so, als müsste sie überlegen.

»Ne, nichts«, sagt sie und lächelt Mikael an.

Mikael und Jennifer sitzen im Bakeri, einem kleinen Café in der Whyte Avenue. Französische Pâtisserie, im Innenhof plätschert eine Fontäne.

»Ich habe bei dem Projekt nur vor einer Sache Angst«, beginnt Jennifer.

»Wovor denn? Keine Angst haben und shoppen gehen, ist doch völlig in Ordnung ...«

Jennifer muss lachen.

»Also, wovor hast du dann Angst?«

»Na ja, ich verhalte mich ja schon ein bisschen auffällig. Und werde dabei sogar aufgenommen. Irgendwie macht mich das doch ... na ja, verdächtig. Und dann wird das auch noch alles gespeichert. Ob sich da nicht doch jemand fragt, was das alles soll?«

»Wer sollte denn dieser ›Jemand‹ sein?«

»Irgendwelche Sicherheitsbehörden eben! Du bist ja lustig. Die ganzen Daten fließen doch an einem Punkt zusammen.«

»Daten von Leuten, die gefährlich sind, vielleicht. Aber dafür musst du schon ein wenig mehr anstellen, als nur vor ein paar Kameras rumzuturnen. Ich kann schon verstehen, dass du dir Sorgen machst. Und wenn dir das Risiko zu groß ist, dann lasse ich mir was anderes einfallen oder ich suche eine andere Darstellerin. Das wäre aber schade, weil ich einfach glaube, dass du genau die Richtige dafür bist.«

Jennifer ist geschmeichelt. »Nein, keine Sorge. Ich bin dabei. Im Notfall habe ich immer noch meine Freunde bei der Civil Liberties Union. Soll ich mit denen eigentlich mal über den Film sprechen?«

»Ach, ich glaube, das ist noch zu früh. Wenn wir etwas weiter sind, sollten wir darüber noch mal nachdenken.«

An diesem Abend kommt Mikael nicht mehr in Syanas Wohnung. Stattdessen schickt er ihr eine SMS: »Komme morgen zum Frühstück. Love, Mikael«.

Auf dem Weg zu Syana kauft Mikael im Bagel Shop Croissants. Er muss diese Dreiecksgeschichte klären. So bald wie möglich. Für den Film braucht er beide. Jennifer als Schauspielerin, oder besser: als Akteurin, und Syana zur technischen Unterstützung. Ohne sie würde alles scheitern.

Er gibt den Türcode ein, steigt die vier Stufen zum Fahrstuhl hoch. Irgendeine Ausrede? Nein. Er öffnet die Aufzugtür, grüßt in die Kamera.

Mikael sieht sofort, dass etwas nicht in Ordnung ist.

»Was ist los?«

»Das wollte ich dich gerade fragen.« Syana macht einen Schritt zur Seite, lässt Mikael herein. Die Hände in den Hüften, steht sie breitbeinig vor ihm.

»Warum?«

»Tu nicht so«, antwortet Syana verärgert. »Schläfst du mit ihr?«

»Willst du mir nicht erst mal Hallo sagen? Und wollen wir nicht erst mal frühstücken?«

»Hallo. Kannst gerne Frühstück machen. Aber die nicht

gerade komplizierte Frage kannst du vielleicht trotzdem beantworten!«

»Ja«, sagt er, den Blick fest auf Syanas Augen gerichtet.

»Was ja?«

»Ja, ich habe was mit Jennifer. Zufrieden jetzt? Oder schmeißt du mich raus?«

»Spinnst du?« Sie schaut ihn spöttisch an. »Was bist du denn für ein Spießer? Ist doch schön, wenn du mit Jennifer was laufen hast. Schöne Frau. Glückwunsch.« Sie legt Mikael einen Arm um die Hüfte. »Aber warum hast du mir das nicht einfach erzählt?«

»Warum soll ich dir das denn erzählen? Du erzählst mir doch auch nicht alles.« Syana macht ihn wütend. Diese gespielte Lockerheit. Immer will sie die Oberhand behalten. »Ich weiß ja noch nicht mal, wo du die letzte Zeit warst. Und woran du arbeitest. Nichts weiß ich, nichts!« Mikael fingert nervös an der Tüte mit den Croissants herum.

»Ja, du hast recht«, antwortet Syana. »Du weißt nichts. Aber wenn du es eh nicht wissen willst, ist doch alles in Ordnung. Gib mal die Croissants her, sonst sind die gleich total zerfleddert.«

»Nichts ist in Ordnung«, fährt Mikael dazwischen. »Deine ganze Bude ist verwanzt, und du filmst alles, was wir hier machen. Würdest du zu mir kommen, wenn ich alles aufnehmen würde? Aber dass ich das hier mitmache, ist natürlich völlig selbstverständlich. Ich bin doch kein, kein …« Er sucht nach einem passenden Ausdruck. »Ich bin doch nicht dein privater Pornostar.«

»Hey, Mikael, reg dich nicht so auf. Ich bin halt neugierig. Und ein Kontrollfreak.«

»Und warum musst du das an mir auslassen?«

Syana erschrickt. Verliert sie schon die Kontrolle über ihn?

Zwei Stunden später sitzen Mikael und Syana immer noch am Frühstückstisch, und er erzählt von Jennifer.

»Das ist nicht bloß eine Affäre. Am Anfang hab ich das zwar gedacht, aber jetzt ist es mehr. Es geht nicht um die Spannung, es ist kein Spiel. Es fühlt sich einfach richtig an.«

Schweigend hört Syana ihm zu. Sie spürt eine Schwere in der Magengegend. Die Zeit mit Mikael war schön, irgendwie vertraut. Aber was bringt es, dem jetzt nachzuweinen? Dann wird Jennifer halt auch Teil des Spiels. Vielleicht gar keine so schlechte Idee, das macht die Sache nur spannender.

»Und wie soll es mit uns beiden jetzt weitergehen? Das war doch immer ganz schön im Fahrstuhl, oder?«

»Ich weiß es nicht.« Mikael will Zeit gewinnen.

»Okay, mit Jennifer kannst du dich ja so anregend über künstlerische Formen des politischen Protests austauschen. Von mir aus. Aber wenn sie nicht möchte, dass wir uns weiterhin sehen, wer hackt dir dann die Kameras? Betreibst du deswegen die ganze Geheimnistuerei?«

»Nein, nein, das hat doch damit nichts zu tun.« Mikael wird unsicher. Natürlich hat es damit zu tun. »Klar, ich kann verstehen, wenn du mir jetzt nicht mehr helfen willst, aber …«

»Wenn das deine einzige Sorge ist …« Syana tut resigniert. »Keine Angst. Wenn du willst, helfe ich dir weiterhin. Mach dich locker. Hab ich gestern schon gesagt. Sei einfach nett zu mir, dann geht das alles klar.«

Nach Syanas unerwarteter Gefühlsäußerung hat er jetzt Wut oder Enttäuschung erwartet, ein paar Tränen, eine kleine Szene. Aber sie gibt sich keine Blöße.

»Klar. Aber es gibt zwei Bedingungen.«

»Welche?«

»Wir machen einen Deal.«

Mikael spielt mit: »Was schlägst du vor?«

Syana schaut ihm tief in die Augen. Das Lächeln ist verschwunden.

»Ich will dich weiterhin treffen. Ich habe mich daran gewöhnt. Ich mag den Sex mit dir. Also: Sex zu meinen Bedingungen. Und zwar dann, wann ich will.«

»Was heißt zu deinen Bedingungen?«

»Das wirst du schon sehen. Du kannst jederzeit abspringen, wenn du nicht mehr willst.«

»Abspringen?«

»Ja, abspringen, aufhören.« Syana deutet einen kleinen Sprung an. »Nenn es, wie du willst.«

»Einverstanden. Und die zweite Bedingung?«

»Bild gegen Bild.«

»Wie bitte?«

»Bild gegen Bild.«

»Ja, das habe ich verstanden, aber ich weiß nicht, was du damit meinst. Was für ein Bild willst du denn?«

Syana lehnt sich an die Wand, verschränkt die Arme vor der Brust und mustert Mikael langsam von oben bis unten. Dann lächelt sie.

»Reg dich ab. Du willst etwas von mir. Und ich etwas von dir. Wenn du willst, dass ich dir die Bilder besorge, die du sehen willst, dann will ich, dass du mir die Bilder gibst, die ich sehen will.«

»Okay, kein Problem. Ich zeige dir alles, was du sehen willst.«

»Gut. Sehr schön. Dann ist ja alles perfekt.«

Syana zieht Mikael zu sich hoch.

»Aber was für Bilder willst du denn?«

»Ist doch klar. Bilder von Jennifer und dir. Beim Sex.«

»Spinnst du?« Mikael stößt Syana von sich weg.

»Warum bist du denn auf einmal so verklemmt? Stell dich doch nicht so an! Du bringst in deinem Atelier einfach eine Überwachungskamera an. Da gibt es tolle Teile, 180-Grad-Blick, steuerbar, mit Zoom.«

»Syana, du spinnst. Was soll der Scheiß?«

»Das ist der Deal. Bild gegen Bild. Du musst ja nicht mitmachen. Kein Problem.«

»Syana, ich weiß nicht …«

»Mikael, du schraubst einfach die Kamera an die Decke, und die Bilder kannst du von mir aus auch für dein Projekt verwenden. Du filmst sie doch eh mit Überwachungskameras, wo ist da jetzt der große Unterschied? Wenn ihr eure Liebesbeziehung gleich mit aufnehmt, das ist doch …« – Syana lächelt spöttisch – »… romantisch! Außerdem muss man für gute Kunst auch mal Opfer bringen.«

Mikael ist sprachlos, doch die Vorstellung macht ihn auch an. Syana greift nach der Fernbedienung ihres CD-Players. Sitarklänge surren durch den Raum. Sie beginnt, vor Mikael ihre Hüften kreisen zu lassen. Er sieht ihre kleinen Brüste wippen, folgt ihren Bewegungen. Syana bewegt sich auf ihn zu, lässt ihre Hände über seinen Oberkörper gleiten. Erst die Brust, dann den Bauch hinunter. Öffnet seinen Gürtel und drückt ihn ans Regal. Sie zieht den Reißverschluss auf und nimmt seinen Schwanz, bewegt ihre Hand im Rhythmus der Musik. Mikael schließt die Augen, hält sich mit beiden Händen am Regal fest. Sie kniet sich vor ihn, er spürt ihren warmen Mund. Und hört plötzlich ein schnappendes Geräusch. Dann noch eins. Seine Handgelenke fühlen sich kalt an, er blickt erst zu seiner rechten, dann zu seiner linken Hand. Beide sind mit Handschellen am Regal festgemacht. Syana steht vor ihm.

»Komm, tanz mit mir«, fordert sie ihn auf und beginnt, sich langsam vor ihm auszuziehen. Sie reibt ihre nackten Brüste an seinem Oberkörper und massiert seinen Schwanz mit ihren Fingerspitzen.

Mikael windet sich, versucht, sich vom Regal loszureißen. Die Handschellen schneiden in die Handgelenke. Der Schmerz erregt ihn.

Syana wacht auf. Sie hat schon wieder geträumt und laut im Schlaf geschrien. Sie dreht sich um. Mikael liegt neben ihr und atmet ruhig. Gut, dass er nicht aufgewacht ist.

Seit Tagen hat Syana Alpträume. Immer die gleichen Szenen. Sie hat sich als Zielperson in »Das Spiel« eingegeben. Sie spielt gegen sich selbst, und alles gerät außer Kontrolle. Am Ende fliegen Drohnen über New York und feuern Raketen auf ihr Apartment. Explosionen. Blut läuft an ihrem Körper hinunter, vor ihren Augen flimmert der Schriftzug »Game Over«.

Syana betrachtet die roten Stellen an Mikaels Handgelenken. Er ist schon mitten in »Das Spiel«, auch wenn er noch nichts davon ahnt. Fragen schießen ihr durch Kopf. Syana beugt sich über den schlafenden Mikael. »Wir können das System nur besiegen, wenn es in sich selbst kollabiert. ›Das Spiel‹ ist der erste Schritt zum Widerstand«, flüstert sie ihm ins Ohr. Auch Mikael hat seine Chance. Er muss sich nur wehren, den Kampf annehmen. »Aber das musst du noch lernen.« Zärtlich streichelt sie ihm übers Gesicht.

Am nächsten Tag will Mikael die Überwachungskamera in seinem Studio montieren. Sieht als Designobjekt gar nicht schlecht aus. Die Technik ist unter einer kleinen schwarzen Kuppel versteckt, alles ist glatt und glänzt. Die Diskokugel der Kontrollgesellschaft. In die Kamera ist ein Mikrocomputer eingebaut, den Syana von ihrem Rechner aus ansteuern kann. Alle Daten werden natürlich verschlüsselt gesendet.

Doch wohin mit der Kamera? Soll er nicht doch irgendwo einen toten Winkel lassen? Egal. Wenn sie mich überwachen will, ist die Kamera jetzt eben Teil des Projekts. Er montiert sie an die Decke, genau in der Mitte des Studios.

Die nächsten Wochen filmen Jennifer, Syana und Mikael kurze Sequenzen, einzelne Takes und längere Szenen mit verschiedenen Einstellungen. An Orten, die mit Millionen Foto- und Videokameras festgehalten wurden.

Jennifer im Rockefeller Center.

Jennifer auf der Rampe des Guggenheim.

Jennifer bei Prada und Niketown.

Jennifer vor der Freiheitsstatue.

Jedes Mal wird der gleiche Versuchsaufbau wiederholt. Jennifer in unterschiedlichen Posen vor der Kamera, »Show you are not afraid! Go shopping!«. Diese beiden Sätze. Immer wieder.

Für die heutigen Aufnahmen hat Jennifer sich im Cheerleader-Style zurechtgemacht. Enge Jeans, auf der Hüfte ein breiter weißer Gürtel mit glitzernder Schnalle, der erste Wonderbra ihres Lebens, darüber eine strahlend blaue Bluse, die sie direkt unter ihren Brüsten zusammenknotet. Auf dem Ärmel einige silberne Sterne. Dazu Pumps aus schwarzem Lackleder. Das Gesicht perfekt grundiert, die Lider glänzen in silbrigem Pink, auf den Wangen etwas Rouge, die Lippen mit reichlich Gloss betont. Starke Farbkontraste und viel Glitzer, damit die Performance auch in Schwarzweiß gut rüberkommt. American Dream, sexy und gleichzeitig steril.

Sie sind auf der Suche nach den Rissen, an denen die Kluft zwischen amerikanischem Traum und amerikanischer Realität sichtbar werden. Sie versuchen, Reaktionen zu provozieren. Mikael will, dass Jennifer Passanten in Gespräche verwickelt.

»Hat Shopping etwas mit der Finanzkrise zu tun?«, oder: »Wovor haben Sie mehr Angst: vor Terrorismus oder Arbeitslosigkeit?«

Die Resultate gleichen sich: abstruse Gespräche, verschreckte Passanten. Einmal treten auch noch wütende Sicherheitskräfte und Polizisten auf, sie kontrollieren ihre Ausweise, am Ende gibt es sogar einen Platzverweis und eine kleine Rangelei, bei der Jennifer in dramatischer Geste zu Boden stürzt.

Die Festplatte füllt sich. Nun fehlt nur noch der Schlussakkord. Mikael lädt Jennifer zum Essen ein. Halb um zu feiern, halb um zu recherchieren. Er hat einen Ort ausgesucht, der sich vielleicht als Drehort eignen würde: die Brasserie im Seagram Building.

Seagram Building. Wolkenkratzer. 38 Stockwerke, 156 Meter hoch. Hochhaus-Ikone. Dunkle Fassade, genau so gerastert wie der Grundriss. Elegante Stützen lassen den Baukörper über einer Basis aus Granit schweben. Pure Geometrie in klassischer Ordnung. Fertiggestellt 1958, das teuerste Gebäude seiner Zeit. Entworfen von Ludwig Mies van der Rohe (1886-1969).

Im Inneren befinden sich zwei Restaurants. Das Four Seasons und die Brasserie, beide eingerichtet von Philip Johnson (1906-2005), einem Schüler Mies van der Rohes. Johnson hat sich als »Hure« bezeichnet, weil es Architekten nur darum gehe, für viel Geld ihre Auftraggeber glücklich zu machen.

Seine Brasserie wurde 1995 durch ein Feuer zerstört, die Neugestaltung verantworteten im Jahr 2000 die New Yorker Architekten Diller+Scofidio. Neben der Inneneinrichtung haben die beiden im Restaurant auch eine eigene künstlerische Arbeit installiert. Ein Sensor in der Drehtür steuert eine Videokamera, die von jedem Gast ein Foto schießt. Über der Bar befinden sich fünfzehn LCD-Monitore, die die Aufnahmen zeigen. *I was here.*

»Hast du eine Lieblingsszene?«, fragt Jennifer, während sie die Vorspeise probiert.

»Natürlich die, in der dich der Wachmann umschubst. Die ist richtig gut. Hat so was Dramatisches.«

Jennifer zieht die Augenbrauen hoch. »Die? Ich finde die total peinlich. Da sehe ich doch ziemlich lächerlich aus.«

»Nein, du siehst wunderschön aus. Aber darum geht es nicht. Es geht um Dramatik, um den Gesamtablauf. Konflikte, Gewalt, das passt gut zum Thema.«

»Da gab es doch gar keine Gewalt! Der Wachmann hat mich doch nicht wirklich geschubst. Ich habe in meinen Pumps einfach die Balance verloren.«

»Das weiß der Zuschauer ja nicht. Dein Sturz bringt ein bisschen Action rein. Ich will nicht, dass der Film langweilig wird, dann schaut ihn keiner an.«

»Ich dachte, der Film soll kein Drama sein, sondern eher das Gegenteil. Du hast doch immer vom Reiz der Wiederholung gesprochen, immer die gleiche Szene an unterschiedlichen Settings, und man konzentriert sich auf die Unterschiede.«

»So ist das ja auch. Aber dazu gehört auch die Eskalation der Gewalt.«

»Wenn es dir um Action geht, dann muss da echt noch mehr passieren als nur ein kleiner Sturz. Ach, wo wir schon bei Action sind: Warum haben wir noch nicht am Ground Zero gedreht?«

»Da will ich auch noch drehen«, antwortet Mikael. Er lehnt sich zurück und schaut zu den Bildschirmen über der Bar. Gerade schaltet einer der Monitore zurück auf den Moment, in dem er mit Jennifer durch die Tür kam.

Mikaels Blick bleibt an den Bildschirmen hängen. Immer wieder dieselbe Szene. Menschen kommen zur Tür herein, Schnitt, das Gleiche wiederholt sich mit anderen Protagonisten. Ziemlich langweilig. Eigentlich wie in seinem Film.

Das Gelände von Ground Zero und das neue World Trade Center hat er sich für das Ende der Dreharbeiten aufgehoben. Nicht nur, weil es der Höhepunkt des Projektes sein soll, sondern auch, weil Mikael noch keine Idee hat, wie er mit Jennifer auf das Gelände der Baustelle gelangen kann. Außerdem braucht er für diesen Drehort noch eine besondere Idee. Warum nicht eine Szene drehen, die ganz anders ist als die anderen? Mit einem Überraschungsmoment? Oder Sex? Syana hat ihn auf diese Idee gebracht. Ihre Überwachungskameras im Fahrstuhl und in seinem Studio machen ihn an.

Mikael nimmt noch einen Schluck Wein, der Kellner bringt den nächsten Gang.

»Natürlich habe ich auch etwas auf Ground Zero vor«, beginnt er. »Ich würde da gerne die Abschlussszene drehen. Ich weiß nur nicht, wie wir da reinkommen.«

»Ich hab da eine Idee. Mein Exfreund Tom, den hab ich dir im Twelve21 gezeigt.«

»Ja, ich erinnere mich. Was ist mit dem?«

»Tom ist Architekt und arbeitet seit ein paar Monaten bei SOM. Er plant mit am 1 WTC. Ich kann ihn fragen, ob er mir mal seine Baustelle zeigt.«

Tom ist wieder mal der Letzte im Büro, sitzt noch über den Detailzeichnungen für die Wasserbecken im Verhörparadies. Florale Motive, changierende Farbverläufe, Mosaike. Die erste Bemusterung ist gerade abgeschlossen, probeweise wurde ein Whirlpool eingebaut, ein Kronleuchter aufgehängt und ein paar Sessel aufgestellt. Plötzlich vibriert sein Handy. Eine SMS. Von Jennifer.

»Hallo Tom. Würde dich gerne mal wiedersehen. Küsse. J.«

Toms Herz schlägt schneller. Sofort schreibt er ihr zurück: »Gerne. Wann und wo? T.«

»Das ging ja schnell.« Jennifer zeigt Mikael Toms SMS. Inzwischen sind sie an die Bar gewechselt und trinken Cocktails. Mikael ist von der Architektur etwas enttäuscht, er hat mehr erwartet als nur Surveillance-Entertainment, das den Gästen Gesprächsstoff fürs Abendessen liefert und die Eitelkeit befriedigt, weil man sich und die anderen auf dem Monitor betrachten kann. Ob es sich lohnen würde, hier mit Syana die Kameras zu hacken? Ist doch alles nur kitschige Selbstbespiegelung.

»Was meinst du«, fragt Mikael, »sollen wir in der letzten Szene ein bisschen Sex einbauen? Voyeurismus und so?«

Jennifer überlegt einen Moment. »Nein, das passt nicht. Du solltest bei deinem eher minimalistischen Konzept bleiben.«

Halbtotale von oben. Extremer Weitwinkel. Flackernde Videoästhetik. Schwarz-weiß. Ohne Ton.
Mikaels Studio, die Wand mit dem Stadtplan, die einzelnen Drehorte, die Fotos der Kameras etc.
Mikael und Jennifer betreten den Raum. Sie stehen eine Weile vor der Wand mit den Fotos, dann ziehen sie sich aus.
Jennifer schlüpft unter die Decke, Mikael legt sich zu ihr. Die Kamera zoomt in eine Detailaufnahme von Jennifer. Sie schließt die Augen, man sieht, dass ihr Atem tiefer und heftiger wird. Sie klammert sich an Mikaels Rücken fest. Der Mund steht offen, der Kopf liegt im Nacken. Ein Zucken, dann entspannt sie sich wieder und öffnet die Augen.
Sie schaut genau in die Kamera.
Die Kamera zoomt zurück in die Halbtotale.
Jennifer stößt Mikael weg und zeigt in Richtung Ka-

mera. Ihre Lippen bewegen sich schnell, sie schüttelt den Kopf, springt auf und holt etwas von Mikaels Schreibtisch. Dann stellt sie einen Stuhl direkt unter die Kamera und klebt das Objektiv mit Klebeband ab.
Die Streifen verdichten sich, bis das ganze Bild schwarz ist.
Blende.

»Du filmst uns beim Sex?« Jennifer steigt vom Stuhl und zieht sich kopfschüttelnd an.

»Hey, Mikael, ich hab dich was gefragt! Bist du ein Spanner oder was? Ja, ja, Sex and Crime. So hast du dir das also vorgestellt. Und jetzt willst du wohl noch ein paar Sexszenen von der eigenen Überwachungskamera in den Film einstreuen, oder was?«

»Nein«, antwortet Mikael. Mehr fällt ihm nicht ein.

»Was denn dann?«

Jennifer packt ihre Sachen zusammen. Mikael sitzt auf dem Sofa und starrt ins Leere, Jennifer zieht ihre Schuhe an und geht zur Tür.

»Kommt noch was? Am besten, du schickst den Film an Tom. Der rastet dann aus, wenn er mich über die Baustelle führt, und du hast nicht nur Sex, sondern gleich auch noch Gewalt in deinem Überwachungsthriller!« Sie knallt die Tür hinter sich zu.

»Jennifer!« Mikael zieht sich schnell eine Hose und ein T-Shirt an und rennt barfuß aus dem Studio. Der Fahrstuhl ist blockiert. Das Handy hat er in der Wohnung liegen gelassen. Mikael läuft die Treppen runter und auf die Straße. Zu spät.

Das hat er gründlich versaut. Er ruft Jennifer an, doch die geht nicht dran. Erst Stunden später erreicht er sie.

»Jennifer, bitte, leg jetzt nicht auf.«

Schweigen.

»Was willst du mir denn sagen?«, fragt Jennifer endlich.

»Ich kann dir alles erklären. Bitte, gib mir noch eine Chance. Können wir uns treffen?«

»Ich bin gleich mit Tom verabredet. Danach hab ich Zeit. Um acht, im PDT. Wie beim letzten Mal.«

Das D'Espresso ist ein kleines Café unweit der Public Library. Es gibt guten Espresso, und Jennifer mag die Einrichtung. Fast immer, wenn sie in der Bibliothek ist, kommt sie in der Mittagspause hierher. Als sie die Tür aufmacht, ist Tom schon da. Er sieht müde aus.

Sie umarmen sich kurz.

»Schön, dich wiederzusehen. Du siehst gut aus.«

»Du auch«, lügt Jennifer und setzt sich.

»Kaffee?«

»Gerne.«

Tom geht zur Bar. Jennifer betrachtet ihn von hinten und erinnert sich an die gemeinsame Zeit. Sie ist froh, dass diese Phase vorbei ist. Auf Mikael ist sie trotzdem wütend. Aber alles, worauf sie sich mit Mikael einlässt, ist ihr tausendmal lieber als die Langeweile mit Tom.

Tom kommt zurück an den Tisch. »Wie geht's dir?«

»Gut. Ist gerade alles ziemlich aufregend. Ich dreh einen Film. Ein Kunstprojekt. Und bei dir? Wie läuft dein Job bei SOM?«

Tom würde Jennifer am liebsten in alles Einweihen, sein Dilemma, seine Ängste und Zweifel ausbreiten. Aber das geht nicht. Sie ist zu weit weg. In dem überfüllten Café fühlt er sich trotz der vielen Menschen einsam.

»Ein bisschen anders, als ich es mir vorgestellt habe, aber trotzdem spannend.«

»Wie oft bist du denn auf der Baustelle?«

»Nicht sehr häufig, einmal die Woche vielleicht.«

»Schon verrückt. Davon hast du ja immer geträumt, bei einem wirklich großen, politisch relevanten Projekt mitzumachen, und jetzt arbeitest du am 1 WTC mit. Das ist ja praktisch noch größer als groß, ein richtiges Symbol.« Jennifer weiß, wie sie Tom schmeicheln kann.

»Die Baustelle ist schon aufregend. Wenn man plötzlich sieht, wie der Entwurf konkrete Formen annimmt. Das geht alles wahnsinnig schnell, wir bauen ja unter großem Zeitdruck. Das Gebäude wird zwar erst 2013 fertig, aber zum zehnten Jahrestag der Anschläge soll es schon möglichst weit sein. Damit die Welt sieht, dass wir uns nicht in die Knie zwingen lassen. Wir demonstrieren Stärke.« Tom klammert sich an die Worthülsen, die ihm aus den Meetings bei SOM im Ohr geblieben sind.

Jennifer hat keine Lust auf Toms Rhetorik. Aber da muss sie jetzt durch.

»Tom«, sagt sie und neigt ihren Kopf ein wenig zur Seite, »kannst du mir einen Gefallen tun? Zeigst du mir mal die Baustelle?«

»Wieso denn das?«

»Na, weil es mich einfach interessiert.«

»Seit wann interessierst du dich denn für Baustellen?«

»Also bitte, Tom, es ist schließlich nicht irgendeine Baustelle. Es ist *die* Baustelle.«

»Ich weiß nicht, ob das geht. Da muss ich mich erst erkundigen.« Jennifer legt den Kopf in den Nacken, Tom druckst weiter herum. »Aber für dich kann ich das schon irgendwie hinkriegen«, verspricht er schließlich. »Auch wenn ich nicht wirklich verstehe, was du davon erwartest.«

»Musst du auch nicht. Aber ich freu mich drauf.« Jennifer beugt sich über den Tisch und gibt Tom einen Kuss auf den Mund. »Danke!«

Sie schaut auf die Uhr. »Oh, ich muss weg. Rufst du mich an? Noch diese Woche, ja?«

Mit diesen Worten ist sie schon an der Tür. Sie drückt die Klinke, dreht sich noch mal um, winkt. Durch die Glasscheibe wirft sie ihm eine Kusshand zu. Tom bleibt wie benommen sitzen.

Irgendwann holt er sein Handy aus der Aktentasche, wählt die Nummer von SOM und lässt sich mit der Sekretärin des Büroleiters verbinden.

»Hier ist Tom. Ich würde gerne in ein paar Tagen einer alten Bekannten eine Baustellenführung geben. Ist das okay? Ja. Übermorgen? Ja, ich schicke die Personendaten per Mail. Danke! Bis später.«

Er schreibt Jennifer eine SMS. Nur den Termin. Jetzt bloß nicht zu aufdringlich werden.

Mikael ist aufgeregt und deshalb früher als verabredet im Please don't tell. Er sitzt schon an der Bar, als Jennifer durch die Telefonzelle die Bar betritt. Er geht ihr entgegen, ist sich aber unsicher, wie er sie begrüßen soll. Da legt Jennifer schon ihre Arme um seinen Hals und gibt ihm einen Kuss.

»Ich hatte schon Angst, du lässt mich hier sitzen.«

»Dazu bin ich doch viel zu verliebt in dich.«

»Und ich in dich.« Sie schauen sich schweigend an.

»Du bist mir noch eine Erklärung schuldig.«

Mikael seufzt. »Willst du nicht erst mal was trinken?«

Er hat sich für die Wahrheit entschieden. Er erzählt von Syanas Kenntnissen im Programmieren und Hacken. Von ihrer Überwachungsmanie. Von den Kameras in ihrer Wohnung. Und von der Vereinbarung, auf die er sich eingelassen hat: Sex und Überwachung gegen Unterstützung bei dem Filmprojekt.

»Und du hattest wohl auch nicht wirklich was dagegen?«

»Na ja. Ich hatte vor allem keine andere Wahl. Mit der Kamera fühle ich mich auch nicht wirklich wohl. Der Sex ist gut, stimmt schon, ich schlafe gern mit ihr.«

»Okay. Das kann ich ja alles verstehen.« Innerlich kocht Jennifer, aber sie hat beschlossen, gute Miene zu machen, ihm die Sache mit der Überwachungskamera auf andere Weise heimzuzahlen. Außerdem findet sie das Ganze – wenn sie ehrlich zu sich selbst ist – auch aufregend. »Aber du hättest mir gegenüber einfach offener sein müssen. Ich dachte ja erst, ich spinne, als ich die Kamera an der Decke gesehen hab. Paranoia halt. Ich wollte auch gar nicht danach fragen, damit du nicht denkst, ich hätte einen totalen Knall. Aber dann hat sich hinter der Glaskuppel das Objektiv bewegt, und ...«

Vorsichtig legt Mikael seine Hand auf Jennifers Arm. »Tut mir leid, das war scheiße von mir. Ich hätte dich vorher fragen müssen, aber ich dachte, dass du da nicht drauf stehst.«

»Wer sagt denn, dass ich da nicht darauf stehe? Hältst du mich für so prüde?« Jennifer tut beleidigt. »Wenn es Syana anmacht, uns beim Sex zuzusehen, bitte schön, ist mir doch egal. Und wenn du das für deinen Film brauchst ... Ich mach mir ganz andere Sorgen.«

»Worüber denn«?

»Ich habe eher Angst, dass ich wegen der ganzen ›Show you are not afraid!‹-Aktionen Ärger bekomme. Ich fühl mich in der letzten Zeit irgendwie beobachtet. Gestern hat zum Beispiel ein Mann auf der Straße Fotos von mir gemacht. Und meine Kreditkarte wird seit Tagen bei jedem Einkauf überprüft. Lauter so Sachen halt.«

»Ach, ich glaube nicht, dass das was mit dem Film zu tun hat. Nein, wir haben ja nichts Verbotenes gemacht. Dieser Typ, der dich fotografiert hat, der war vielleicht einfach ein Tourist, der dich schön fand. Was man ja verstehen kann.

Und mit Kreditkarten gab es in der letzten Zeit so viele Betrügereien, vielleicht ist deine Bank da jetzt einfach besonders vorsichtig.«

»Ach Mikael.« Jennifer streichelt ihm scherzhaft über den Kopf. »Du bist wirklich naiv. Du kommst eben aus Deutschland und hast keine Ahnung, wozu die Amerikaner fähig sind, wenn sie jemanden aus irgendeinem Grund für verdächtig halten. Mich überwacht ja sogar die Tussi von meinem – Lover. Dabei bist du doch der Künstler, der Überwachung kritisiert. Und jetzt erzählst ausgerechnet du mir, ich soll keine Angst haben?«

Mikael bestellt noch einen Whiskey. Er hätte nicht gedacht, dass Jennifer so entspannt ist, was die Sache mit Syana angeht. Dafür jetzt diese merkwürdige Überwachungsparanoia. Er sucht nach einer Antwort, die nicht nach reiner Beschwichtigung klingt. »Wir können ja in den nächsten Tagen zur Civil Liberties Union gehen und uns beraten lassen.«

»Gute Idee. Aber diese Woche haben wir keine Zeit für so was. Wir müssen möglichst bald die Abschlussszene drehen. Damit du die elende Überwachungskamera wieder abmontieren kannst.« Jennifer neigt den Kopf zur Seite und sieht Mikael ein wenig spöttisch an.

Er schaut zu Boden. Es ist ihm unangenehm, dass jetzt auch noch Jennifer anfängt, ihn aufzuziehen. Gleichzeitig bewundert er sie für ihre Coolness.

»Was kam denn eigentlich bei dem Treffen mit Tom raus?«

»Er führt mich übermorgen über die Baustelle.« Jennifer schaut Mikael triumphierend an. »Und dann kommt das blöde Ding weg. Auf Dauer wird mir das vielleicht doch zu pervers.«

Zwei Tage später. Die Vorbereitungen für den letzten Dreh sind abgeschlossen. Der Countdown läuft.

Syana hat sich von Freunden einen unauffälligen weißen GMC Vandura geliehen. Der Laderaum ist vollgestopft mit Empfängern, Rechnern und Monitoren. Auf den Seitenflächen des Vans hat sie den Schriftzug »Data Service & Protection International« angebracht. Die Ausrüstung haben Mikael und sie über Nacht getestet. So weit sollte also alles reibungslos laufen.

Jennifer hat sich Klamotten zusammengesucht und ihren Auftritt geplant. Nachdem sie bislang das amerikanische Durchschnittsmädchen dargestellt hat, das sich unvermutet gegen die Videoüberwachung wendet, will sie im neuen World Trade Center etwas anderes ausprobieren. Sie macht sich als Vamp zurecht, als Szene-Königin, die nach durchfeierter Nacht den heißesten Mann im Club ins Taxi lockt.

7.00 Uhr.
Dichter Verkehr in Manhattan. Mikael und Syana suchen einen Parkplatz. Kameras auf Baustellen sind meistens schlechter gesichert als zum Beispiel in Banken. Südlich des Geländes, in der Nähe der Sicherheitszentrale, hätte sie Zugriff auf fünfundachtzig Überwachungskameras, die auf der Baustelle installiert sind und ihre Bilder über WLAN senden.

Im Laderaum des Van hat Syana vier große und vier etwas kleinere Monitore installiert. Die großen Bildschirme sind in je zwölf Fenster unterteilt, so können Syana und Mikael die Bilder von achtundvierzig Kameras gleichzeitig sehen. In jedes Bildfenster werden im Zehn-Sekunden-Wechsel die Bilder von zwei Kameras eingespielt. So haben sie alle Kameras im Blick. Auf die vier kleineren Monitoren können sie die Bilder der Kameras schalten, vor denen gerade etwas passiert.

7.15 Uhr.
Der Lieferwagen eines Reinigungsunternehmens macht einen Stellplatz frei. Direkt gegenüber steht der Container, in dem sich die Sicherheitszentrale der Baustelle befindet. Optimale Ausgangssituation. Syana checkt noch einmal die Technik, scannt die fünfundachtzig Kameras. Alles funktioniert, und es ging schneller als geplant.

7.20 Uhr.
Mikael und Syana holen sich im Starbucks in der Vesey Street Kaffee und Croissants.

»Was ist eigentlich Data Service & Protection International?«

»Meine Firma.«

»Du hast 'ne Firma? «

»Ach Mikael«, antwortet Syana und schaut ihn dabei an, als ob er ein kleiner Junge wäre, »irgendwie muss ich ja das Geld für die Ausrüstung verdienen. Und wenn man in Manhattan einen ganzen Tag lang sein Auto parken will, braucht man dafür eine Genehmigung.«

»Und was hast du als Grund angegeben?«

»Sicherheitsüberprüfung von Funknetzen. Das machen wir ja wirklich.« Syana lacht. »Die Funknetze hier sind nicht sehr sicher, das ist das wahrscheinliche Ergebnis.«

7.30 Uhr.
Tom kommt vom Joggen zurück. Er duscht und zieht sich an. Klassisches Architekten-Outfit, komplett schwarz. Bevor er sich mit Jennifer trifft, geht er noch kurz ins Büro. So hat er nach der Führung noch Zeit für ein Mittagessen mit ihr.

7.35 Uhr.
Mikael starrt auf die Monitore. Syana steht hinter ihm und drückt ihren Schritt gegen seinen Hinterkopf.

»Nicht jetzt.«

»Warum denn nicht?« Syana schiebt ihren Rock hoch.

»Weil ich keine Lust habe.«

»Ach komm.« Syana lacht und fährt mit ihren Fingern Mikaels Hals hinab.

»Nein, lass mich. Ich muss mich konzentrieren.«

7.45 Uhr.
Jennifer kommt aus dem Bad und zieht sich an. Schwarzer Seiden-BH, dünnes weißes Tank-Top, das bei jeder Bewegung den Blick auf die Spitze an ihrem BH freigibt. Kurzer schwarzer Rock, der Satin liegt an Po und Hüfte eng an. Dazu High Heels. Violettes Velourleder, drei Zentimeter Plateau, Riemen an den Fesseln, Peeptoe. Keine Strümpfe.

Die Augen schwarz geschminkt. Dazu mehrere Ketten, die ihr Dekolleté umspielen, und ein breiter silberner Armreif. Zufrieden betrachtet sie sich im Spiegel und muss lachen. Sie toupiert ihre Haare hoch, um noch etwas wilder auszusehen. Mikael wird sich wundern: Jetzt übernimmt sie das Kommando.

Das kleine Funkmikrophon versteckt Jennifer in einem breiten Ledergürtel, den sie locker um die Hüften legt. Jetzt kann's losgehen. Jennifer freut sich auf ihre Performance.

8.55 Uhr.
Syana hat sich im Stuhl zurückgelehnt und die Augen geschlossen. Mikael ist nervös. Jennifer hat immer noch nicht angerufen. Tom müsste demnächst am Zufahrtstor der Baustelle eintreffen. Syana hat das Bild auf einen der großen Monitore geschoben.

8.57 Uhr.
Tom erscheint auf dem Monitor. Er geht zügig. Am Eingang grüßt ihn der Security-Mann, er gibt Tom zwei Baustellenhelme. Tom schaut auf die Uhr und sieht sich um.

9.00 Uhr.
Jennifer steigt aus der U-Bahn. Sie ruft Mikael an.

»Endlich! Alles in Ordnung?«

»Alles gut so weit. Und wie läuft's bei euch? Habt ihr alles im Griff?«

»Bis jetzt klappt alles. Aber du bist spät dran.«

»Das passt schon. Ist doch gut, wenn Tom ein bisschen nervös ist. Sollen wir noch schnell den Sound checken?«

»Dann mach mal das Mikro an.«

Jennifer greift in die kleine Ledertasche an ihrem Gürtel. »Kannst du mich hören?«

Syana gibt Mikael ein Zeichen.

»Jennifer, wir haben Empfang.«

»Okay. Dann viel Spaß«, antwortet Jennifer und lacht. »Ihr werdet euch wundern.«

9.05 Uhr.
Mikael und Syana tragen jetzt Kopfhörer. Auf dem Monitor für den Eingangsbereich kuckt Tom gerade auf die Uhr. Jetzt kommt Jennifer ins Bild. Sie gibt Tom einen Kuss.

Tom lächelt verlegen. Die Bauarbeiter drehen sich um und feixen. Anerkennende Pfiffe im Hintergrund. Tom wird rot. Er gibt Jennifer einen Helm.

»Den musst du aufsetzen. Sicherheitsvorkehrung.«

Jennifer hakt sich bei Tom ein, ihre Schultern berühren sich, beiläufig lässt sie ihre Hüfte an seine stoßen. Die beiden gehen an der Außenseite des Baustellenzauns in Richtung Osten. Nach wenigen Sekunden sind sie aus dem Blickfeld der Kamera verschwunden.

Mikael stockt der Atem. In dem kurzen Rock und dem durchsichtigen Oberteil sieht Jennifer atemberaubend aus. Er wird blass, als Jennifer sich an Tom schmiegt. Sie will es ihm wirklich heimzahlen.

Syana sucht auf den Splitscreens nach Tom und Jennifer.

»Hey Mikael, nicht träumen«, ruft sie. »Wir müssen die beiden wiederfinden.«

Plötzlich tauchen Tom und Jennifer wieder auf.

»Ich hab sie!«, ruft Mikael, »Wo ist das?«

»Keine Ahnung. Wohl eine Art Sondereingang.«

Tom legt seinen Ausweis auf einen Scanner und tippt einen Code in die Tastatur. Die Tür öffnet sich. Tom und Jennifer verschwinden wieder aus dem Bild.

9.08 Uhr.
Tom und Jennifer passieren den Eingang zu den sicherheitsrelevanten Zonen des 1 WTC. Dahinter öffnet sich ein langes Flursystem.

»Wohin gehen wir eigentlich?«, fragt Jennifer.

»Ich bin für den Keller verantwortlich. Schau mal hier.« Tom zeigt auf die dicken Betonwände. »Diese ganze Konstruktion ist so gebaut, dass ein bis zur Oberkante mit Sprengstoff gefüllter Lastwagen dagegenfahren und explodieren kann, und trotzdem bleibt die Statik intakt. Das ist eine richtige Festung, die kann man nicht so leicht in die Luft jagen.«

»Wow«, sagt Jennifer. »Und wohin jetzt?«

»Na, in den Keller, da ist mein Paradies.«

Jennifer stolpert, Tom muss sie auffangen. Körperkontakt.

»Wie ist das hier eigentlich gesichert? Mit Videokameras?«

»Ja, hier sind überall Kameras. Auch wenn du sie nicht siehst.«

Sie kommen an einen Fahrstuhl. Tom gibt wieder einen Code ein.

Syana sichtet die Splitscreens.

»Perfekte Kamerafahrt«, sagt Mikael. »Die laufen ja immer direkt auf die Kamera zu, zack, dann ein Schnitt, neue Kamera und immer so weiter. Und dieser trostlose Betongang mit dem Neonlicht. Geil. Sie steigen bestimmt gleich in den Aufzug. Kriegst du Bilder aus dem Fahrstuhl?«

9.10 Uhr.

»Ist hier im Fahrstuhl auch eine Kamera?«, fragt Jennifer.

»Nein«, antwortet Tom.

»In welche Etage fahren wir?«

»Minus vier.«

Tom starrt auf ihre Brüste. Die Etagenanzeige zeigt -3. Sie schaut ihn einladend an. Tom wird rot. Was ist denn plötzlich mit Jennifer los?

Der Aufzug hält bei -4, die Türen öffnen automatisch. Tom und Jennifer steigen aus.

Ein neuer Gang, wieder Neonröhren, wieder Betonwände.

»Sind hier auch Kameras?«

»Ja, hier sind wieder welche.«

Jennifer legt ihren Arm um Tom. Sie schaut ihm in die Augen. »Ich hab dich vermisst.«

Warum hier? Warum jetzt? Jennifer kommt noch näher.

»Aber hier sind doch überall Kameras.«

»Ach, da kuckt doch eh keiner zu.«

Jennifer drückt sich gegen Tom. »Komm, küss mich!«

Syana dreht sich zu Mikael um. »War das so abgesprochen?«

Mikael antwortet nicht, sondern starrt gebannt auf die Monitore.

»Nicht schlecht, deine Jennifer. Hätte ich ihr gar nicht zugetraut. Kuck du mal, ob wir das noch aus einer anderen Perspektive bekommen. Vielleicht haben wir ja Glück, und die haben eine zweite Kamera in dem Gang.«

Jennifer schiebt ihr Bein nach oben. Tom spürt ihre Hand am Reißverschluss seiner Hose. So was hat sie doch früher nie gemacht? Liegt bestimmt an ihrem neuen Künstlertypen. Tom ist wütend und erregt. Er greift Jennifer zwischen die Beine. Keine Unterwäsche. Er wirft sie herum, drückt sie an die gegenüberliegende Wand und reißt ihren Rock nach oben.

»Nein«, schreit Jennifer, doch Tom hört nicht auf. Er umfasst ihre Handgelenke, drückt ihre Schenkel auseinander. Jennifer schreit noch mal »nein« und wird dann plötzlich still.

Rhythmisches Stoßen.

»Show you are not afraid!«, schreit Jennifer.

Toms Bewegungen werden langsamer.

»Mach weiter!«, flüstert Jennifer ihm ins Ohr. »Mach weiter!«

Tom bewegt sich wieder schneller und kräftiger.

»Show you are not afraid«, schreit Jennifer im Rhythmus der Stöße.

»Fuck capitalism!«

»Fuck capitalism!«

»Fuck capitalism!«

Mikael sieht Toms nackte Pobacken. Dazu im Kopfhörer Toms Stöhnen und Jennifers »Fuck capitalism!«

»Wahnsinn, aber genial«, stottert Mikael. »Fuck capitalism im World Trade Center. Geil. Ich glaub, das ist ihre Revanche.«

»Hast du ihr was von uns erzählt?«

»Ich musste ihr einiges erklären, als sie deine Scheißkamera in meinem Studio entdeckt hat.«

Syana lacht laut los. »Und ich habe nicht geahnt, dass sie so viel Stil hat. Das ist großartig, Mikael, großartig.«

9.20 Uhr.
Tom stößt sich von Jennifer weg und zieht seine Hose hoch. »Was war das denn?«

Jennifer atmet tief durch und streicht ihren Rock wieder nach unten. »Das war Pornografie.«

»Ich muss das nicht verstehen, oder?«

»Nein, das musst du nicht. Zeig mir lieber die Räume, die du entwirfst.«

»Wir sind gleich da. Da drüben ist es.« Tom zeigt auf eine Tür am Ende des Gangs.

9.25 Uhr.
Mikael und Syana sehen die gleichen Bilder wie in der Eingangssequenz, nur eben vier Stockwerke tiefer. Zentralperspektive in einen gut dreißig Meter langen Gang. Dann eine Stahltür. Tom gibt wieder einen Code ein. Die Tür öffnet sich, die beiden gehen hinein. Tom öffnet eine zweite Tür, die von innen mit Stoff beschlagen ist. Die Tür fällt ins Schloss.

»Gibt's da drin keine Kamera?« Mikael will sich gar nicht vorstellen, wie das Ganze jetzt weitergeht.

»Ja, warte, ich such gerade. Scheiße!«

»Was denn?«

»Kein Ton mehr. Aber wenigstens hab ich ein Bild.«

»Es gibt sogar noch zwei andere Kameras.«

Mikael zieht die drei Kamerapositionen vom Splitscreen auf die anderen Monitore. Gebannt starren sie auf die Bildschirme. Syana lacht in sich hinein.

»Jennifer ist großartig. Super Material! Die Sexszene, mit diesem grandiosen Vergewaltigungstouch – wow!«

Mikael reagiert nicht.

Der Raum ist leer, hell ausgeleuchtet. Alles ist grau. Fußboden, Decke, Wände aus Beton. Eine Tür aus hellgrauem Stahl, die Innenfelder mit rotem Samt beschlagen. Kabel hängen lose von der Decke herab, Kupferrohre und Versorgungskanäle laufen waagerecht und senkrecht die Wände entlang. In der Mitte hängt ein Kronleuchter mit kristallenen Lüstern, darunter ein rundes Wasserbecken, gekachelt hellblau, noch ohne Wasser. An der Frontseite des Raums sechs Alkoven, vier Meter breit und zwei Meter tief, in einem sind Möbel aufgestellt. Das Ganze sieht aus wie ein halbfertiger Hamam in einem Designhotel.

9.27 Uhr

Tom führt Jennifer durch den Raum. Er zeigt auf die verschiedenen Einbauten und scheint etwas zu erklären.

Plötzlich blinken an mehreren Stellen Alarmleuchten. Aus den Sprinklern an der Decke spritzt eine Flüssigkeit auf den Boden. Jennifer ruft etwas, hält sich die Hände an den Brustkorb und setzt sich auf eine der Stufen, die zum Whirlpool führen. Sie versucht, sich abzustützen, doch dann sackt sie in sich zusammen.

»Syana, was ist da los?«, ruft Mikael. »Irgendetwas stimmt da nicht.«

Die Monitore beginnen zu flackern, plötzlich werden sie schwarz.

»Warum kriegen wir die Bilder nicht mehr?«

Syana verändert die Einstellung an den Funkempfängern, dreht sich zu ihrem Rechner und hackt auf die Tastatur ein.

»Und, was ist?«

»Nichts.«

»Was heißt nichts?«

»Die Signale für die Kameras sind weg. Ich bekomme kein Bild mehr. Weg, einfach weg.«

Syana und Mikael suchen auf dem Splitscreen alle Kameras ab. Der Raum, in dem sich Tom und Jennifer aufhalten, ist nirgends zu finden.

»Scheiße, dass die Übertragung nicht mitgespielt hat«, schimpft Syana. »Lass uns zusammenpacken und losfahren. Mehr kriegen wir hier nicht raus.«

Jennifers Performance hat Mikaels kühnste Vorstellungen getoppt. Schade nur, dass die Aufnahme mit der Schlussszene versaut ist. Kann man zwar benutzen, aber mit Ton wäre es noch besser. Und etwas länger hätte es auch sein können.

Eigentlich ist er aber sehr zufrieden, auch wenn Jennifer ihm mehr und mehr zu einem Rätsel wird. Später will er sie in seinem Studio treffen. Ohne Syanas Überwachungskamera.

5.

»Wir haben die Wahl. Entweder wir ändern die Art, wie wir leben, was nicht akzeptabel ist, oder wir ändern die Art, wie sie leben.
Und wir haben uns für Letzteres entschieden.«

Donald H. Rumsfeld,
Verteidigungsminister der USA,
18. September 2001

Syana liest die *New York Post*, als Mikael in ihr Studio stürmt.

»Ist sie in ihrer Wohnung?«

»Nein, keine Spur.«

»Und die Nachbarn?«

»Das ist total merkwürdig. Von denen wollte keiner mit mir sprechen. Außer einem Studenten, den ich kurz kennengelernt habe, als ich das erste Mal bei Jennifer war. Der hat erzählt, dass Leute da waren und sich nach Jennifer erkundigt haben. Die haben wohl auch die Wohnung durchsucht. Er hatte aber keine Ahnung, wer das war.«

Mikael wirft sich erschöpft auf Syanas Matratze. Ihm ist zum Heulen zumute, Jennifers Verhalten irritiert ihn total. Die Aufnahmen im World Trade Center liegen nun schon zwei Tage zurück, und sie hat sich seitdem immer noch nicht gemeldet. Sie geht nicht ans Telefon, reagiert nicht auf seine SMS, zu Hause ist sie auch nicht, und ihre Nachbarn wollen nicht mit ihm reden. Jetzt macht er sich Sorgen, dass ihr etwas passiert ist.

»Vielleicht will sie dich einfach nicht mehr sehen. Vielleicht ist sie jetzt mit Tom unterwegs, sonst wohin. Wenn du dir echt Sorgen machst, ruf doch mal Tom an. Hast du seine Nummer?«

»Nein, ich hab bei SOM angerufen, aber die Telefonzentrale hat mich nicht mal bis zur Sekretärin durchgestellt. Meinst du, der hat Jennifer was angetan? Nach der Nummer im Flur …«

»Scheiße«, ruft Syana.

»Was?«

Sie gibt ihm den Lokalteil der Zeitung.

»Unbekanntes Paar tot aufgefunden. Polizei bittet um Hinweise.

In der Nacht zu Mittwoch hat der Inhaber einer Lagerhalle auf seinem Grundstück in Red Hook einen seit Tagen als gestohlen gemeldeten grauen Toyota Corolla entdeckt. Darin befanden sich zwei Leichen. Wie die Polizei mitteilte, waren die beiden Personen, ein Mann und eine Frau, zu diesem Zeitpunkt vermutlich schon zehn Stunden tot. Beide wiesen Schusswunden und andere schwere Verletzungen auf. Bislang konnten sie nicht identifiziert werden. Die Polizei bittet um Hinweise.«

Neben dem Artikel sind Fotos der beiden Toten abgedruckt. Auf den Bildern sind, trotz der entstellten Gesichter, Tom und Jennifer zu erkennen.

Mikael lässt die Zeitung langsam sinken. Seine Hände zittern.

»Das … Das kann nicht wahr sein. Jennifer ist nicht tot.«

Beide schweigen.

»Nein, ich glaube das nicht. Das muss ein Irrtum sein. Wir müssen das aufklären. Unser Material muss zur Polizei, und wir müssen denen erklären, dass das alles nur gespielt war.«

»Mikael, die Personen auf dem Foto sind Jennifer und Tom. Die beiden sind tot.«

»Trotzdem müssen wir zur Polizei!«, ruft Mikael verzweifelt. »Da steht doch, dass die nach Hinweisen suchen.«

»Nein«, widerspricht sie ungerührt. »Wir gehen nicht zur Polizei, niemals. Mikael, setz dich hin. Ich erkläre dir das.« Syana atmet tief durch. »Du bist verzweifelt. Und geschockt. Aber du musst jetzt trotzdem klar denken. Wir gehen nicht zur Polizei. Datenklau auf der Baustelle des World Trade Center? Damit kommen wir niemals durch. Am Ende landest du im Gefängnis.«

»Das ist mir egal.«

»Hey, lass uns lieber rausfinden, was da passiert ist. Denk doch mal nach. Die Polizei findet zwei Personen, misshandelt und erschossen. In einem gestohlenen Auto. In Red Hook.«

»Ja, ich weiß. Ich habe den Artikel auch gelesen.«

»Aber an dem Artikel ist was faul, und zwar richtig.«

»Ein Fake?«

Syana seufzt und nimmt Mikael in den Arm. »Mikael, sie ist tot. Guck dir doch das Foto an. Aber die Umstände … Da stimmt einfach was nicht. Die Polizei sucht nach Hinweisen aus der Bevölkerung. Gleichzeitig werden Jennifers Nachbarn ausgefragt. Es gibt also Leute, die wissen, dass das Jennifer und Tom sind.«

Mikaels Blick ist leer.

»Und warum suchen die dann nach Hinweisen?«

»Geheimdienst, Mikael. Die Polizei weiß nicht, wer da liegt, aber der Geheimdienst weiß es. Da unten im Keller muss irgendwas passiert sein, von dem niemand erfahren soll.«

Mikael steckt die Zeitung ein und rennt aus Syanas Studio, die Kent Avenue entlang in Richtung der Navy Yards. Er setzt sich auf die Quaimauer und schaut aufs Wasser.

Er kann nicht fassen, dass Jennifer tot ist. Egal weshalb

sie sterben musste, er trägt daran eine Mitschuld. Falls Tom sie getötet hat, dann nur, weil er Jennifer dazu gebracht hat, alleine mit Tom auf diese Baustelle zu gehen.

Und wenn es nicht Tom war, sondern ein Geheimdienst dahintersteckt? Immerhin hat Jennifer sich in letzter Zeit beobachtet gefühlt. FBI, CIA, Counterterrorism Center? Aber welches Interesse hat ein Geheimdienst an Jennifer? An einer toten Jennifer? Wegen der Überwachungskameras bringt man doch niemanden um. Nein, Jennifers Tod ergibt keinen Sinn.

Mikael schlägt die Zeitung auf, liest noch einmal den Artikel und betrachtet das Foto. Dann reißt er die Zeitung langsam in kleine Stücke und wirft sie einzeln in den Fluss. Die Schnipsel treiben einen Moment auf dem Wasser und gehen dann unter.

Eine halbe Stunde später steht Mikael wieder bei Syana in der Tür.

»Du hast recht. Polizei ist der falsche Weg.«

»Gut, dass du das einsiehst. Wir finden selbst raus, was da passiert ist. Ich versprech's dir.«

Syana hat bereits einen großen Bogen Papier auf dem Tisch ausgebreitet.

»Lass uns erst mal einen Plan machen. Welche Fragen haben wir?« Ohne eine Antwort abzuwarten, schreibt sie »Tom« in die Mitte. »Tom ist der Schlüssel. Er ist die Verbindung. Wir müssen herausfinden, wer Tom ist.«

Syana schreibt »Keller« auf das Papier. »Hier haben wir sie zuletzt gesehen.«

Sie bemerkt Mikaels skeptischen Blick. »Wart's ab. Am Ende fügt sich alles zu einem Bild zusammen. Wie bei einem Puzzle. Als du eben weg warst, hab ich mir noch mal den Film angesehen. Der Raum liegt im vierten Tiefgeschoss. Da sind normalerweise Lager und Technikräume. Aber der Raum, in den Tom Jennifer führt, ist kein Technikraum. Tom nennt ihn ja auch ›Mein Paradies‹. Erinnerst du dich noch an die Einrichtung?«

»Klar, da war ein Kronleuchter. Eine Liege und ein Sessel. Und ein Whirlpool.«

»Eben. Das ist kein normaler Kellerraum. Die Tür war eine Doppeltür, innen mit Stoff beschlagen. Seltsam. Wir müssen wissen, was dieses Paradies sein soll.«

Syana schreibt »Paradies« neben »Keller« und macht einen Kreis um beide Begriffe.

Dann zeichnet sie einen weiteren Kreis. »Wenn wir wissen, welche Funktion dieser Raum hat, sind wir ein Stück weiter. Dann kriegen wir vielleicht auch raus, was es mit dem Mord auf sich hat.«

Syana hängt die Mindmap an die Wand.

»So. Und jetzt arbeiten wir uns vor, bis wir am Ziel sind. Wir fangen mit dem einfachsten an. Mit Tom.«

Syana setzt sich an ihren Rechner.

»Okay, neues Spiel. Unsere Zielperson ist Tom.«

»Was soll das denn jetzt?«

»Hab ich dir doch oft genug erklärt. Wir suchen Informationen über Tom. Da draußen ...« – Syana macht eine ausholende Bewegung – »... da draußen sind Hunderte Hacker, die jetzt in den verschiedensten Datenbanken nach Tom suchen. In ein paar Minuten wissen wir mehr über ihn, als du dir vorstellen kannst.« Syana schaut Mikael zufrieden an. »Und ich durchsuche mal die Rechner von SOM. Toms Personalakte habe ich schon. Lies die mal.«

Zehn Minuten später legt Mikael die Akte beiseite. »Tom war lange beim Militär, im Irak und in Afghanistan. Erst danach hat er Architektur studiert. Interessensgebiete Politik, Macht und Raum, schreibt er jedenfalls in seiner Bewerbung.

Sonst nichts Auffälliges. Dann sind da noch die Arbeitsproben, die er bei der Bewerbung abgegeben hat. »

Sag mal, steht da auch drin, bei was für einer Einheit er beim Militär war?«

»Nein, da steht nur US-Army. Und was hast du rausgefunden?«

»Noch nichts Spannendes.«

Mikael schaut an ihr vorbei aus dem Fenster. »Mist.«

»Nein, das ist ja gerade das Spannende.«

»Was ist denn daran spannend?«

»Tom arbeitet ja nicht erst seit gestern bei SOM. Doch auf dem Server liegen nur ein Plan und ein paar Detailzeichnungen von ihm. Und das soll alles sein, was er in der ganzen Zeit zustande gebracht hat?«

»Das wäre ein bisschen wenig.«

»Eben. Das ist zu wenig. Die Frage ist also, was Tom die ganze Zeit gemacht hat.«

»Und, hast du schon eine Idee?«

»Ich habe den Plan ausgedruckt. Es ist das vierte Untergeschoss. Laut Plankopf der Sicherheitsraum für die Server des WTC. Und dann gibt es noch einen Personensicherheitsraum, direkt darüber. Ganz schön viel Sicherheit, oder?« Syana legt die Ausdrucke auf dem Boden. »Auf dem Plan ist hier ein Fahrstuhl. Dann geht ein langer Gang nach links«, Syana fährt den Weg mit dem Finger nach. »Hier macht der Gang wieder einen Knick, dann noch einen, und das ist die Tür zum Serverraum. Genau der Weg, den Tom und Syana gegangen sind. Ich hab mir das Video noch mal angekuckt. Dieser sogenannte Serverraum ist also der Raum, in dem Tom und Jennifer zuletzt waren. Aber laut Plan ist hier kein Whirlpool vorgesehen.«

Syana setzt sich an den Schreibtisch, loggt sich wieder in »Das Spiel« ein. Zwei Nachrichten sind eingegangen.

»Siehst du! Ich hab's dir doch gesagt. Laut Einsatzprofil war Tom nicht einfach Soldat, sondern Mitglied einer Intelligence-Einheit. Militärischer Geheimdienst. Da wird er so einiges mitbekommen haben. Verhöre, Folter und noch ganz andere Sachen, von denen wir beide gar nichts wissen wollen.« Syana blättert weiter. »Ich organisiere mal eine Liste, wer noch in seiner Einheit war.«

»Tom war beim Geheimdienst?«

»Ja, beim Militärgeheimdienst. Sieht so aus. Gar nicht so schlecht, mein Spiel, oder? Also, auch wenn das jetzt echt meinen Punktestand drückt, wenn die anderen so viel für mich rausfinden müssen – es lohnt sich. Was hast du denn noch gefunden?«

»Flugdaten. Nach Polen. Hin- und Rückflug. Drei Tage.«

»Mit welcher Fluglinie?«

»Rapid Air Transport. Noch nie gehört.«

»Zeig mal.« Syana tippt etwas in ihren Rechner. »Das ist gar keine richtige Fluggesellschaft, sondern eine Scheinfirma der CIA.«

Sie geht zur Mindmap. »Okay, dann fassen wir mal zusammen: Tom arbeitet irgendwie fürs Militär. Oder für den Geheimdienst.« Sie schreibt »Geheimdienst« hinter seinen Namen. »Deshalb gibt es kaum Pläne auf dem Rechner von SOM. Die durften nämlich gar nicht so genau wissen, was er eigentlich bei ihnen macht … Und er war in Polen. Was das miteinander zu tun hat, verstehe ich noch nicht. Egal. Im Keller des neuen World Trade Centers befindet sich etwas, das er Paradies nennt und das möglicherweise mit den Aktivitäten des Geheimdiensts zu tun hat. Wohin ging denn der Flug nach Polen?«

»Szymany.«

Black Sites. Geheime Gefängnisse amerikanischer Geheimdienste in befreundeten Staaten, außerhalb der Gerichtsbarkeit der USA. Angeblich auch in Europa, zum Beispiel in Polen und Rumänien. George W. Bush hat die Existenz solcher Gefängnisse bereits 2006 eingestanden. Er begründete sie als Sicherheitsmaßnahme vor weiteren Terroranschlägen. Details wurden nicht genannt, aber in der Presse tauchte Szymany als möglicher Standort auf. Am 22. Januar 2009 ordnete Barack Obama die Schließung aller CIA-Gefängnisse im Ausland an.

Extraordinary Rendition. Besonderes Auslieferungsprogramm. Terrorverdächtige werden von der CIA in Länder verbracht, in denen andere Verhörmethoden erlaubt sind als in den USA. Die Verhöre werden von den dortigen Diensten durchgeführt. Diese Praxis ist weiterhin üblich.

Mikael steht vor der Mindmap, am Rand hat Syana weitere Punkte ergänzt: »Polen/Geheimgefängnis«, »Folter/Verhörtechniken«.

»Was haben wir noch?«

Mikael hat die ganze Zeit die Pläne angestarrt, die Syana vom Server von SOM gezogen hat.

»Die Pläne von SOM passen nicht zu unserem Video.«

»Genau. Aber Tom spricht ja auch von *seinem* Paradies. Die Frage ist also: Wo sind die richtigen Pläne? Die muss es ja auch geben. Wenn sie nicht bei SOM sind, wo dann«?

»Na, das ist doch ganz einfach«, antwortet Mikael. »Die sind bei der Firma, die das Ding baut.«

Syana durchsucht den Rechner von SOM. Für die Baustelle des 1 WTC sind etliche Firmen verzeichnet. Zwar hat sie die Ergebnisse nach Fundament- und Kellerarbeiten gefiltert, aber es sind immer noch zu viele.

»Kennst du dich mit Baufirmen aus?«

»Nein. Mach doch mit deinem Spiel mal ’ne Recherche, welche von denen auch für die Army arbeiten. Am besten in Afghanistan und im Irak.«

»Hey, du hast heute ja richtig gute Ideen. Langsam versteht du, wie das funktioniert … Okay, was haben wir da? … Bingo! Das ist die einzige Firma auf der Baustelle, die schon mal in Afghanistan und im Irak war. Construction Works.«

»Und, hast du bei denen was gefunden?«

»Klar. Ich hab die Zeichnungen gerade vom Server gezogen. Und da sind nicht nur Grundrisse, sondern auch perspektivische Innenraumdarstellungen.«

Syana druckt die Dateien aus, Mikael legt die Blätter auf den Boden.

»Der gleiche Plankopf wie auf den Zeichnungen, die Tom im Büro abgespeichert hat. Gleiche Nummer und Beschriftung. Serverraum. Sieht aber ganz anders aus.«

»Und jetzt kuck mal, was unter ›Serverraum‹ steht.«

»Project Paradise.«

»Ja, langsam passt alles zusammen … Damit füttere ich jetzt ›Das Spiel‹. Mal sehen, was dabei rauskommt.«

Mikael beugt sich über die Ausdrucke. »Komm mal kurz her: Hier ist der Raum, in dem Tom und Jennifer waren. Mit dem Whirlpool genau in der Mitte. Und kreisförmig drumherum sind diese Separees. Im Stockwerk drüber befinden sich irgendwelche Geräte und in der Mitte eine Liege. Was soll das denn für ein Paradies sein?«

Mikael hängt die Pläne an die Wand. Syana setzt sich wieder an ihren Rechner und wartet auf Nachrichten.

»Volltreffer. Jetzt haben wir’s.«

»Was denn?«

»Ein Memo aus dem Heimatschutzministerium. Stichwort ›Project Paradise‹.«

»Und was steht drin?«

»Gleich. Du ahnst nicht, wer das geschrieben hat.«

»Tom?«

»Nein«, antwortet Syana. »Ein gewisser Malcolm Sunner. Psychologe. Heute Chef der Sektion New York im Ministerium für Heimatschutz. Im Krieg war er Toms Vorgesetzter.«

»Memo Sicherheitsregelung. Heute Vormittag Gespräch über Sicherheit mit Laporta und Connelly. Last Exit Option. Zerstörungsmechanismus für den Fall des unerlaubten Eindringens von Terrorverdächtigen. Tötung über die vorhandene Brandschutzanlage/Löschmittel. In allen offiziellen Plänen werden die Räume als Server-Sicherheitsräume markiert.

Tarnung von Selbstzerstörung als Brandunfall technisch möglich.

Testweisen Einbau von Erkennungssoftware und Koppelung mit Brandschutzanlage veranlassen.«

Mikael springt auf. »Oh mein Gott. Die Brandschutzanlage ist losgegangen. Deshalb hat auch dieses Alarmlicht geblinkt. Sie wurde gar nicht nachher ermordet, sondern ist schon in diesem Paradies gestorben. Und wir haben dabei zugesehen und gedacht, sie spielt das alles nur.«

»Mikael, du musst dich zusammenreißen. Wir stecken ganz schön in der Scheiße. Wenn rauskommt, dass wir darüber Bescheid wissen, sind wir dran.«

Mikael versucht, sich von ihr abzuwenden, doch Syana hält ihn fest und schaut ihm in die Augen.

»Hör zu. Es gibt noch zwei andere Leute, die Memos zum Paradies verfasst haben. Einer von ihnen ist ein richtig hohes Tier, Abteilungsleiter für nationale Sicherheit im Verteidigungsministerium. Der andere kommt von der CIA. Das hier ist verdammt noch mal ernst.«

Mikael reißt sich von ihr los.

»Wir müssen damit an die Öffentlichkeit gehen!«

»Genau das werden wir eben nicht tun«, antwortet Syana seelenruhig.

»Das ist ja wohl nicht dein Ernst, oder? Wir können doch nicht einfach so tun, als wär nichts passiert. Außerdem bin ich das Jennifer schuldig.«

»Nein.« Syana schüttelt den Kopf. »Du weißt, dass hinter diesem Projekt Mächte stehen, mit denen man es nicht aufnehmen kann. Keiner von uns. Wenn du das öffentlich machst, bist du ein toter Mann. Die kennen da keine Skrupel.«

Mark Lombardi (1951-2000), amerikanischer Künstler. Lombardi recherchierte als Konzeptkünstler über Verflechtungen von Politik und Wirtschaft. In großformatigen Diagrammen stellte er Netzwerke dar, in denen unter anderem Verbindungen zwischen George W. Bush und der Familie von Osama bin Laden dargestellt werden. Obwohl Lombardi stets betonte, nur mit allgemein zugänglichen Quellen, also Geschäftsberichten, Zeitungsarchiven etc., zu arbeiten, wurde er vom FBI überwacht und während seiner Recherchen mehrfach von Unbekannten bedroht. 2000 fand man ihn, an einem Strick hängend, tot in seinem Atelier. Die Tür war von innen verriegelt. Als offizielle Todesursache gilt Selbstmord.

»Letztens hast du noch groß von Widerstand geredet – und jetzt gibst du klein bei?« Unruhig verfolgt Mikael die Linien zwischen den Begriffen Folter, Tom, 1 WTC und SOM. »Gut, wir wissen zwar noch nicht, was das Paradies ist, aber wir wissen, dass es was mit dem Geheimdienst zu tun hat. Das ist allerdings immer noch keine Erklärung dafür, warum der Alarm ausgelöst wurde!«

»Wie bitte?«

»Der Alarm«, wiederholt Mikael. »Wieso wurde der eigentlich ausgelöst? Es gab doch kein Feuer oder so was. Wir müssen rausfinden, was da passiert ist.«

»Das bringt doch nichts«, sagt Syana zögernd. »Warum willst du denn das noch wissen?«

»Du denkst wohl wieder nur an deinen Punktestand? Als wäre das alles, worum es geht? Aber das hier ist echt, Syana, kein Spiel. Und ich will wissen, warum Jennifer da gestorben ist. Und wer daran die Schuld trägt. Und wenn wir das rauskriegen, dann muss die ganze Sache an die Öffentlichkeit. Sonst geht das Geheimdienstding weiter und es sterben noch mehr Menschen.« Mikael atmet kurz durch. »Nur wenn wir an die Öffentlichkeit gehen, sind wir geschützt.«

Wie weit soll sie noch gehen? Wird es Zeit, ihre Rolle offenzulegen?

Mikael betrachtet noch einmal die zentralen Begriffe auf der Mindmap, zieht die Verbindungslinien nach.

Von Tom zu SOM.

Von Kühlmittel zu Alarmanlage.

Von Paradies zu Folter.

»Syana, ich hab's. Es fehlt was. Wir haben einen entscheidenden Faktor vergessen.«

»Welchen?«

»Jennifer. Es kann nur an Jennifer gelegen haben.«

Mikael nimmt einen Stift, malt einen Kreis und schreibt »Jennifer« hinein. »Aber wie hat sie den Alarm ausgelöst? Sie war doch keine Terrorverdächtige! Kam sie wirklich wegen des Films, wegen dieser albernen ›Show you are not afraid‹-Aktion auf die Liste der Terrorverdächtigen?«

Syana weiß, was er denkt. Und sie weiß, dass seine Gedanken nicht weit genug gehen. Aber es dauert nicht mehr lange, dann wird er auch das verstehen. So funktioniert eben »Das Spiel«.

Jennifer hat gemerkt, dass etwas nicht mehr stimmt in ihrem Leben, dass jemand Einfluss nimmt. Und sie hat angefangen, sich dagegen zu wehren, auf ihre Art. Und Mikael?

Syana nimmt Mikael von hinten in den Arm. »Ich bin müde. Wir machen morgen weiter, okay? Ich versuche noch ein bisschen was über das Paradies rauszufinden, die wirkliche Idee dahinter. Ich vermute, dass wir so auch mehr über den Unfall erfahren und darüber, warum Jennifer sterben musste. Bis morgen.«

Mikael will Syana zum Abschied einen Kuss geben, doch sie dreht ihren Kopf zur Seite.

Mikael läuft auf die Manhattan Bridge zu, gleich ist er bei seinem Atelier. Er spielt verschiedene Szenarien durch. Okay. Tom hat irgendein merkwürdiges Folterzentrum im World Trade Center geplant. Vielleicht hat man ihn ermordet, sobald die Pläne fertig waren? Weil man einen Zeugen loswerden wollte?

Oder war es ein Unfall. Der Zerstörungsmechanismus ist aus Versehen losgegangen. Falsch eingestellt. Unwahrscheinlich.

Die andere Möglichkeit: Jennifer war als Terrorverdächtige registriert. Immerhin fühlte sie sich in der letzten Zeit verfolgt. War das doch keine Paranoia? Aber das alles nur wegen der Filme? Oder aus irgendeinem anderen Grund?

»Am Ende weiß man nie, wie ein Mensch wirklich ist«, hat Syana gesagt. Aber ob Jennifer ein Doppelleben führte?

Auch unwahrscheinlich.

Nachdem Mikael gegangen ist, räumt Syana ihr Studio auf und hängt alle Pläne und Notizzettel ab. Sie loggt sich noch einmal in »Das Spiel« ein.

Neue Memos über das Paradies. Bald ist ihr alles klar. Der Tod von Tom und Jennifer war kein Unfall. Sondern eine Konsequenz von »Das Spiel«.

Syana weiß, dass Mikael das jetzt noch nicht begreifen wird. Er hat bislang keinen Widerstand geleistet, doch er steht kurz davor. Dabei wird sie ihn nicht mehr unterstützen können, die Situation ist zu heikel geworden. Er muss allerdings so viel über »Das Spiel« und das Paradies erfahren, dass er versteht, worauf es jetzt ankommt. Denn wahrscheinlich wird man versuchen, auch ihn zu fassen, bevor der Skandal öffentlich wird. Sie selbst steht ohnehin unter Beobachtung. Mikaels Telefonnummer haben sie sicher von Jennifers Handy. Sie haben seine E-Mail-Adresse, seine IP-Daten. Sie können ihn jederzeit finden. Darauf muss er vorbereitet sein. Besser er verschwindet sofort.

»Das Spiel« hat sich verselbständigt. Wie in ihrem Alptraum. Vielleicht bin ich zu weit gegangen.

Tom. Jennifer. *Sie.* Game Over.

Syana setzt sich an den Computer und schreibt eine Mail. Danach holt sie drei Podeste und platziert sie so, dass sie im Raum ein Dreieck ergeben. Auf jedes der Podeste stellt sie einen mit ihrem Rechner verbundenen Monitor. Die Bildschirme zeigen in die Mitte des Dreiecks. Syana setzt sich wieder an den Rechner und richtet die in der Wohnung verteilten ferngesteuerten Überwachungskameras neu aus.

Es ist schon fast Mittag, als Mikael aufwacht. Das Bettzeug ist nass vom Schweiß der Nacht. Auf dem Boden liegen Splitter von Syanas Überwachungskamera, zerrissene Fotos, Karten und Teile seines Drehbuchs.

Er steht auf, geht ins Bad und duscht. Dann ruft er Syana an. Niemand hebt ab. Raus an die frische Luft, Bewegung. In der Bakeri kauft er sich einen Kaffee und ein Croissant. An der nächsten Ecke stopft er beides in den Mülleimer.

Am Himmel dunkle Wolken, Regen naht. Mikael ist gerade zurück im Studio, als das Gewitter beginnt.

Syana geht noch immer nicht ans Telefon.

Er fährt seinen Rechner hoch und sieht, dass sie ihm noch in der Nacht geschrieben hat.

Lieber Mikael,
ich schreibe Dir, weil wir uns niemals wiedersehen werden. Die Wahrheit über das Paradies und über Jennifer. Einer der Mitspieler von »Das Spiel« hat Zugriff auf Datenbanken des Verteidigungsministeriums, er hat noch mehr über das »Paradies« herausgefunden.

Mikael überfliegt die Zeilen über das »Paradies«. Dann geht es um Jennifer.

Sie hat den Alarm ausgelöst. Sie wurde verdächtigt, eine Terroristin zu sein. Du machst Dir wahrscheinlich Vorwürfe, weil Du denkst, Jennifer sei auf die Liste der Terrorverdächtigen geraten, weil sie Deine Hauptfigur war. Aber Jennifer ist nicht deinetwegen auf dieser Liste. Du trägst keine Schuld. Jennifers Tod hat eine andere Ursache.
Als wir mit der Suche angefangen haben, habe ich Dir gesagt, dass sich die Lösung von selbst erschließt, wenn man alle Puzzleteile kennt und sie richtig zusammensetzt. Ein fehlendes Teil hast Du ja selbst gefunden: Jennifer. Aber zwei Leerstellen hast Du übersehen: Dich und mich.

Ich habe Dir ja schon früh von dem »Spiel« erzählt. Und Du hast jetzt bei unseren Recherchen gelernt, wie viel Macht es hat. Das hätte ich »Das Spiel« auch nicht zugetraut. Das musst Du wissen, sonst verstehst Du nicht, wie es zu alldem kommen konnte.

Als Du mir erzählt hast, Du hättest Dich in Jennifer verliebt, wurde ich ein bisschen eifersüchtig. Ich hab sie in »Das Spiel« eingespeist, weil ich so viel wie möglich über sie herausfinden wollte. Das bot sich an, schließlich hatte ich schon einiges an Ausgangsmaterial: die Videos, die wir auf der Straße gemacht haben, und den Film von der Kamera, die Du im Studio montiert hast. Die besten Bilder, die man sich vorstellen kann. Alle Bewegungen, die ganze Mimik. Die ideale Zielperson. Über sie konnte ich außerdem auch Dich besser steuern. Und das war mein eigentliches Ziel.

»Das Spiel« hat gut funktioniert. Besser als erwartet. Viel besser.

Mikael erinnert sich an die Gespräche mit Jennifer. Über die Leute, die ihr angeblich gefolgt sind und sie fotografiert haben. Er nahm ihre Sorgen damals nicht ernst, machte sich sogar darüber lustig. Niemand glaubte ihr, und das hat sie wütend gemacht. Aber sie hatte recht. Sie wurde von Hunderten von Hackern verfolgt.

Einige der Teilnehmer von »Das Spiel« sind sehr einflussreiche Leute. Freiwillige Teilnehmer, nicht unfreiwillige Zielpersonen wie Du und Jennifer. Diese Spieler sitzen an wichtigen Schaltstellen. Einer von ihnen hat Zugang zur Datenbank des Heimatschutzministeriums und des National Counterterrorism Center. Du kannst Dir vorstellen, dass er damit zum Star von »Das Spiel« wurde.

Er hat Jennifer dort für mich eingetragen, als Terrorverdächtige. Über die anderen Spieler hatte ich Zugriff auf alle Datensätze über sie, vom Bankkonto bis zu ihren Krankenakten. Für das System war Jennifer eine gefährliche Schläferin, laut Eintrag kurz davor, aktiv zu werden. Deswegen hat sie den Alarm ausgelöst.

Alles nur wegen eines Spiels. Wegen eines beschissenen Spiels. Oder auch wegen seines beschissenen Kunstprojekts.

Jennifer war eine gute Spielerin. Sie hat den Kampf aufgenommen. Sie hat sich widersetzt, Mikael. Erst mal nur gegen Deine Überwachungsversuche, aber mit der Zeit hätte sie sich auch noch gegen mich gewehrt. Sie hat gespürt, dass sie beobachtet wird. Gute Intuition. Sie ist vorsichtiger geworden. Aber dann kam dieser unglaubliche Zufall mit Toms Paradies und dem Sicherheitscheck hinzu.

Dass sie in diesem Keller im 1 WTC gestorben ist, war das Ergebnis eines Zufalls. Das war nicht der Plan. Deswegen ist ihr Tod aber noch lange nicht sinnlos. Das hängt jetzt von Dir ab.

Du hast einmal gefragt, was passiert, wenn man »Das Spiel« verliert. Und ich habe versucht, Dir zu erklären, wer der Endgegner ist. Der Spieler offenbart sich. Das habe ich jetzt getan. Doch entgegen der eigentlichen Spielregeln ist für mich »Das Spiel« jetzt zu Ende. Game Over. Du musst alleine weiterspielen – in der Wirklichkeit.

Denk daran, dass Du das Geschehene niemals wirst beweisen können. Alle Spuren werden verwischt sein.

Pass auf Dich auf. Hier bist Du nicht mehr sicher.

Syana

Unter dem Brief befindet sich ein Link. Ein Klick, der Bildschirm verdunkelt sich.

Halbtotale aus Überwachungskamera. Schwarz-weiß. Syanas Loft. In der Mitte drei zu einem Dreieck arrangierte Podeste, darauf jeweils ein Monitor. Die Monitore zeigen in die Mitte des Dreiecks. Dort steht ein Stuhl.

Im Hintergrund erkennt man weitere Kameras. Auch sie sind auf die Mitte des Dreiecks gerichtet. Auf den Monitoren sind die weißen Wände zu sehen.

Syana betritt von rechts die Szene. Sie holt eine Leiter und eine Nylonschnur und befestigt die Schnur an der Decke. Dann macht sie eine große Schlaufe. Sie trägt die Leiter wieder weg und zieht sich mit lasziven Gesten aus. Die Kleider fallen neben den Sessel. Vor den Kameras posierend, befriedigt sie sich selbst.

Syana klettert auf die Stuhllehne und legt sich die Schlaufe um den Hals. Auf der Lehne balancierend, befriedigt sie sich weiter. Ihr Atem wird schneller, ihr Körper beginnt zu zucken, der Stuhl kippt um.

Der nackte Körper pendelt im Raum. Die Arme hängen leblos am Körper herab.

Die Pendelbewegung verlangsamt sich.

Weiße Überblendung.

Schrifteinblendung: Game Over.

Blende.

Mikael muss sich übergeben und rennt zur Toilette. Dann liest er die Mail ein zweites Mal. Als er den Link anklickt, erscheint anstelle des Films nur noch der Schriftzug »Game Over.«

Mikael versucht, sich an die Lichtsituation im Film zu erinnern, um eine Idee davon zu bekommen, wann er gedreht wurde. Eher am Abend. Also gestern. Mikael packt Kamera und Rechner ein und nimmt ein Taxi zu Syanas Wohnung. Das Apartment wurde komplett leergeräumt. An einem schweren Haken in der Decke hängt ein Stück Nylonschnur. Keine Spur von Syana. Nirgends. Er klingelt bei einem Nachbarn.

»Hast du Syana gesehen?«

»Nein.« Der Nachbar schaut verdutzt. »Aber vor einer Stunde waren schon ein paar Leute da, die nach ihr gefragt haben. Was ist denn los?«

Mikael lässt den Nachbarn stehen. Das Gleiche wie bei Jennifer. Er muss New York so schnell wie möglich verlassen.

Dieser Moment ist die Geburt von Mikael Mikael.

Epilog

»Damit ist die Geschichte erst mal zu Ende.« Mikael lehnt sich zurück und blinzelt mich an. Er kann die Augen kaum offen halten. Auch ich bin todmüde, Mikael hat die ganze Nacht erzählt. Die verstaubten Fensterscheiben filtern das Licht, trotzdem blendet uns die tiefstehende Morgensonne. Auf dem kleinen Tisch tanzen die Schatten der Spinnweben.

Mikael schaut mich erwartungsvoll an: »Alles klar?«

Ich fühle mich erschlagen. Seine Geschichte klingt glaubhaft, man sieht ihm an, dass er nicht lügt.

»Ich habe noch ein paar Fragen.« In Wirklichkeit habe ich mindestens tausend Fragen.

»Schieß los.«

»Wie bist du aus den USA rausgekommen?«

»Ich bin zum Bankautomaten, hab alles Geld abgehoben, das noch auf dem Konto war. Dann mit dem Bus nach Texas. Über die grüne Grenze nach Mexiko. Weiter nach Belize, dann ein Frachtschiff nach Istanbul. Von dort Richtung Europa. In Deutschland hab ich mir dann einen Pass besorgt, auf meinen neuen Namen. Den alten Pass hab ich verbrannt. Meine Eltern haben mich als vermisst gemeldet, in zehn Jahren werde ich dann voraussichtlich für tot erklärt. Dafür gibt es jetzt einen neuen Menschen: Mikael Mikael.«

»Warum bist du ausgerechnet zu mir gekommen? Klar, wir kennen uns schon lange, wir sind alte Freunde. Aber gerade weil ich dich kenne, kann ich dich auch enttarnen. Warum gehst du dieses Risiko ein?«

Er grinst und lehnt sich in seinem Stuhl zurück. »Da mach ich mir gar keine Sorgen, du wirst mich nicht verraten. Du weißt nämlich überhaupt nicht, wer ich bin.«

»Das stimmt doch nicht. Ich kenn deinen Geburtsnamen, deinen Geburtsort, deine Eltern, ich weiß sogar, wie dein Kinderzimmer aussah.«

»Du hast es immer noch nicht verstanden.« Er lächelt mich müde an. »Das Kinderzimmer, das Geburtsdatum, das hat nichts mit mir zu tun. Jedenfalls nichts mit dem, der ich jetzt bin, sondern nur mit dem, der ich mal war. Wer ist schon Mikael Mikael?« Er wartet wieder ein paar Sekunden. »Ich habe dir doch erzählt, dass ich einen neuen Pass hab. Aber der ist nicht auf Mikael Mikael ausgestellt.«

»Sondern?«

»Das ist jetzt egal. Für dich jedenfalls. Du sollst es auch gar nicht wissen, es würde dich nur belasten. Nein, wenn ich dir in Zukunft auf der Straße begegne, wirst du mich gar nicht erst erkennen. Das Bild von deinem alten Freund, der verschwunden ist oder vielleicht noch in New York lebt, das Bild von diesem Menschen, den du seit langem kennst, ist jetzt mit Mikael Mikael verbunden. Syana war eine Meisterin der Tarnung. Von ihr hab ich viel gelernt. Noch ist die Verbindung zwischen Mikael und meiner früheren Identität dein Geheimnis. Aber irgendwann werden andere das Gerücht hören, dass hinter diesem Mikael ein alter Freund von dir steckt. Meine Eltern werden Hoffnung schöpfen, dass ihr Sohn noch lebt, aber Beweise wirst du keine haben. Niemand wird irgendetwas beweisen können.«

Es ärgert mich, dass er so oberlehrerhaft doziert. Und mir gleichzeitig unverblümt mitteilt, dass ich für ihn nur ein Instrument bin.

»Es gibt auch noch eine kürzere Erklärung«, sagt Mikael. »Ich ist eben immer ein anderer. Und Fiktion ist die beste Tarnung der Realität.«

Er braucht mich nicht nur, um seine Geschichte aufzuschreiben, sondern als Legitimation für die Kunstfigur, die seine neue Identität schützen soll. Verschleierung. Meine

Rolle in seinem Plan steht fest. Er hat mich ausgewählt, gerade weil ich ihn von früher kenne. Nicht, weil er mir deshalb mehr vertraut, sondern weil es Teil seiner Strategie ist.

Viele Fragen sind noch offen geblieben. Aber ich fürchte, dass er sie mir ohnehin nicht beantworten wird.

»Und, wie soll es weitergehen?«, sage ich mehr zu mir selbst als zu ihm.

»Die ganze Welt muss die Geschichte erfahren. Ich hoffe, du machst das. Schreibst einen Bericht. Oder vielleicht ein Drehbuch.«

Ich weiß nicht, was ich antworten soll. Brauche Zeit, mir das Ganze durch den Kopf gehen zu lassen.

»Und du?«

Mikael zuckt mit den Schultern. »Ich werde auch in Zukunft als Künstler arbeiten. Vielleicht kannst du mir ja gelegentlich mal bei einer Ausstellung helfen.«

Er gibt mir eine Visitenkarte. »Andri Jürgensen Rechtsanwälte. Kanzlei für Kunst, Kultur und Medien.«

»Ich hab einen Anwalt, der sich auf Künstler spezialisiert hat. Er erledigt alle rechtlichen Sachen für mich. Er wird sich bei dir melden.« Mikael macht noch mal eine Pause. Ich nicke.

»Du kannst hier gerne noch ein paar Tage bleiben, aber ich muss weiter.«

Ohne Eile verlässt Mikael den Bauwagen, ich schaue ihm nach.

Kurz vor dem kleinen Wäldchen dreht er sich noch mal um und ruft mir etwas zu, das aus der Ferne wie »Danke« klingt.

Ich sammle die Unterlagen ein, die Mikael zurückgelassen hat, und hole meinen Rechner aus der Tasche. Dann beginne ich mit der letzten Szene.

Halbtotale. Sunner, Connelly, Laporta sitzen an ihrem Tisch in dem leeren Hinterzimmer der Bar.
Die folgende Szene in Schuss-Gegenschuss.
Connelly: »Meine Herren, es gab einen Unfall. Wir haben zwei Tote.«
Laporta: »Was genau ist passiert?«
Sunner: »Ein Kühl- und Löschmittel ist ausgetreten. Leider haben sich Unbefugte in dem Raum aufgehalten. Und die sind dann … erstickt.«
Connelly: »Und die Leichen?«
Sunner: »Wir haben sie verschwinden lassen. Ihr Tod sieht jetzt nach einem normalen Raubmord aus, irgendwo in Brooklyn. So weit ist alles geklärt.«
Connelly: »Und Sie wissen, wie es jetzt weitergeht?«
Laporta und Sunner: »Ja, Sir.«
Connelly: »Dann veranlassen Sie die dafür nötigen Maßnahmen.«
Connelly erhebt sich und geht aus dem Bild. Laporta und Sunner folgen.
Die Kamera bleibt auf den leeren Tisch gerichtet.
Blende.
Luftaufnahme aus einem Hubschrauber. Ground Zero. Rotorengeräusch. Der Hubschrauber dreht ab Richtung Brooklyn Bridge, fliegt nach Süden, vorbei an der Südspitze von Manhattan, weiter Richtung Freiheitsstatue.
Zoom auf die Freiheitsstatue. Das Rotorengeräusch wird leiser. Das Bild löst sich in Weiß auf.
Blende.
Schriftzug: schwarz auf weißem Grund, 1WTC.
Blende.

suhrkamp nova
Erstausgaben im suhrkamp taschenbuch

Sergio Álvarez. 35 Tote. Roman. st 4250. 546 Seiten

François Bégaudeau. Die Klasse. Roman. Aus dem Französischen von Katja Buchholz und Brigitte Große. st 4031. 232 Seiten

Carole L. Glickfeld. Meines Vaters Liebling. Roman. Aus dem Amerikanischen von Mirjam Pressler. st 4036. 260 Seiten

Marie Hermanson. Pilze für Madeleine. Roman. Aus dem Schwedischen von Regine Elsässer. st 4075. 164 Seiten

Rafael Horzon. Das weisse Buch. st 4226. 218 Seiten

Sarah Khan. Die Gespenster von Berlin. Unheimliche Geschichten . st 4116. 190 Seiten

Erling Jepsen. Die Kunst, im Chor zu weinen. Roman. Aus dem Dänischen von Ulrich Sonnenberg. st 4030. 267 Seiten

Ida Jessen. Leichtes Spiel. Roman. Aus dem Dänischen von Angelika Gundlach. st 4024. 208 Seiten

Jörn Klare. Was bin ich wert? Eine Preisermittlung. st 4168. 267 Seiten

Natalja Kljutscharjowa. Endstation Rußland. Roman. Aus dem Russischen von Ganna-Maria Braunhardt. st 4157. 187 Seiten

NF 943/1/3.11

Nicolai Lilin. Sibirische Erziehung. Aus dem Italienischen von Peter Klöss. st 4162. 464 Seiten

Perihan Mağden. Wovor wir fliehen. Roman. Aus dem Türkischen von Johannes Neuner. st 4148. 239 Seiten

Angeles Mastretta. ¡Ehemänner! Erzählungen. Aus dem Spanischen von Petra Strien. st 4101. 220 Seiten

Henriette E. Møller. Jelne. Roman. Aus dem Dänischen von Angelika Gundlach. st 4127. 220 Seiten

Peter Murphy. Ich, John. Roman. Aus dem Englischen von Karsten Kredel. st 4109. 220 Seiten

Elsa Osorio. Sackgasse mit Ausgang. Erzählungen. Aus dem Spanischen von Stefanie Gerhold. st 4191. 180 Seiten

Gunnhild Øyehaug. Ich wär gern wie ich bin. Roman. Aus dem Norwegischen von Ebba D. Drolshagen. st 4179. 300 Seiten

Elisabeth Rank. Im Zweifel für dich selbst. Roman. st 4143. 200 Seiten

Anne Swärd. Bis zum letzten Atemzug. Roman. st 4248. 348 Seiten

Rose Tremain. Der weite Weg nach Hause. Roman. Aus dem Englischen von Christel Dormagen. st 4120. 493 Seiten

Rose Tremain. Der unausweichliche Tag. Roman. st 4220. 334 Seiten

NF 943/2/3.11